Dirk Schaper

Am Tag, als Anne ging

Bibliografische Information der Deutschen Nationalbibliothek: Die Deutsche Nationalbibliothek verzeichnet diese Publikation in der Deutschen Nationalbibliografie; detaillierte bibliografische Daten sind im Internet über dnb.dnb.de abrufbar.

Verlag: BoD · Books on Demand GmbH, Überseering 33, 22297 Hamburg, bod@bod.de

Druck: Libri Plureos GmbH, Friedensallee 273, 22763 Hamburg

ISBN: 978-3-7693-9995-0

Den Tag dereinst, an dem ich gehe,
wend' ich mich ab mit müdem Blick.
Beseelt, wenn ich dann vor Dir stehe.
Wieder vereint; gemeinsam Glück.

Es fühlt sich so an, als ob es keine Zeit mehr gibt. Der Augenblick
erscheint wie eingefroren.
Ich streichele Anne und fühle ihr warmes, weiches Fell unter
meinen Händen. Welch unwirkliches Gefühl. Keine
Atembewegung ist mehr bei ihr zu spüren. Meine wundervolle
Hündin liegt regungslos neben mir.
Der Raum, von kleinen Kerzen mild erleuchtet, ist angefüllt mit
tiefer Ruhe und einer großen, umhüllenden Liebe.
Während ich auf Anne hinabsehe, erinnere ich mich an den Tag, als
ich sie als kleinen, unbeholfenen Welpen zum ersten Mal sah.

Der Tag, an dem wir Anne kennenlernten

„Wollen wir kleine Hunde anschauen gehen?" fragte Saskia in die Runde, die zusammengekommen war, um mit ihr ihren Geburtstag zu feiern. „Unsere Bekannten haben eine Hündin aus dem Tierschutz adoptiert und ein paar Wochen später hat diese dann Welpen bekommen, obwohl sie eigentlich kastriert sein sollte."

Sie schaute uns fragend an. Alle waren begeistert. Ein paar Minuten später machten wir uns auf den Weg und schlenderten, entspannt plaudernd, ein paar hundert Meter durch den kleinen, ruhigen württembergischen Ort.

Freundlich empfing uns die Besitzerin der kleinen Hundemeute an der Haustür und schien nicht besonders irritiert zu sein, dass Saskia unangemeldet mit einer Gruppe fremder Leute erschien, die ihre kleinen Hunde anschauen wollte. Wir wurden durch den Flur in das Wohnzimmer geleitet. Und schon liefen uns neugierig vier kleine tapsige Wesen entgegen. Thessa, die Hundemutter, ging vor den kleinen Welpen her und schnüffelte zunächst alle Neuankömmlinge ab, legte sich dann mitten in den Raum und beobachtete ruhig die Szenerie.

Alle waren entzückt von der Mutter und den vier winzigen, unbeholfenen Fellwürmchen, die kaum älter als fünf Wochen waren.

Meine Frau Gabi und ich setzten uns im Schneidersitz an eine Zimmerwand und beobachteten interessiert die tatendurstigen und neugierigen Hunde. Ein kleiner, äußerst zierlicher Welpe mit hellbraunem Fell kam direkt zu uns und versuchte, an meinem Bein hochzuklettern. Ich nahm ihn vorsichtig hoch und setzte ihn sanft in meinem Schoß ab. Seine kleine Hundenase schnüffelte ausgiebig an meinen Händen.

„Das ist Anne. Sie ist noch nicht vermittelt", hörte ich Saskia sagen. „Anscheinend fühlt sie sich recht wohl bei Dir. Wenn ihr sie zu Euch holt, wäre Tanne nicht so allein." Sanft streichelte ich Annes zarten Körper, während ich nachdachte. Innerhalb weniger Augenblicke war der kleine Hund eingeschlafen.

„Ich weiß nicht," antwortete ich schließlich, „du kennst doch Tanne und ihre Eigenheiten. Sie mag andere Hunde nicht und wir wollen ihr in ihrem Alter nicht den Stress eines Welpen zumuten".

Unsere Hündin Tanne war zu dieser Zeit schon eine alte Dame. Wir kannten sie, seit sie ein winziger schwarzer Spitzmischlingswelpe war und hatten sie mit drei Jahren zu uns geholt, als ihr Frauchen, unsere damalige Vermieterin, schwer erkrankte und kurz darauf starb.

Unser erster Hund Bobby kam problemlos mit ihr zurecht. Und auch Tanne vertrug sich, trotz ihrer Abneigung anderen Hunden gegenüber, gut mit ihm.

Vor einem Jahr mussten wir Bobby nach vielen Monaten schwerster Demenz mit siebzehn Jahren gehen lassen. Seitdem führte Tanne ein Prinzessinnenleben bei uns. Natürlich war der Gedanke, einen kleinen Welpen in die Familie zu holen, verlockend. Doch wir fanden, dass wir damit weder Anne noch Tanne einen Gefallen tun würden.

Saskia entschied sich einige Wochen nach der spontanen Welpenschau, Annes Bruder Alf zu adoptieren. Er sah Anne recht ähnlich, war allerdings größer und auch massiver vom Körperbau. Später berichtete mir Saskia, mit der ich zusammen in einer Rehaklinik als Physiotherapeut arbeitete, dass Anne vermittelt worden war. Eine junge Frau mit einem Kleinkind hatte sie zu sich geholt.

Unserer Tanne ging es in den nächsten Monaten nicht mehr gut. Sie wollte sich immer weniger bewegen. Spaziergänge dauerten nur noch wenige Minuten, sie wurde zusehends ein alter Hund. Ihr Schnäuzchen wurde immer weißer und ihre Augen immer trüber, sie sah nur noch sehr schlecht. Da sie es nicht mehr schaffte, allein auf die Couch zu springen, hoben wir sie jedes Mal vorsichtig hoch. Als Tanne von einem Tag auf den anderen nichts mehr fressen wollte, gingen wir, wie so oft in letzter Zeit, zum Tierarzt. Doch alle Möglichkeiten, ihr zu helfen, waren ausgeschöpft. Nach siebzehn Jahren mussten wir Tanne gehen lassen.

Wir waren ziemlich erschöpft von den letzten Monaten, in denen sich alles um Tannes schnellen körperlichen Abbau gedreht hatte. Wir brauchten Zeit, um zu trauern, um zur Ruhe zu kommen und um zu entscheiden, ob wir wieder einen Hund zu uns holen wollten. In den vergangenen Jahren wurde unser Leben stark durch unsere beiden Hunde Tanne und Bobby geprägt. Jetzt nahmen wir uns vor, wieder mehr in Kinos und in Restaurants zu gehen und wir wollten in den Urlaub fahren, ohne darauf achten zu müssen, ob dort Hunde erlaubt sind. Ohne eigene Tiere erschien uns doch vieles wesentlich einfacher.

Wenige Monate nach Tannes Tod, hatten wir für eine Woche einen Bungalow in Brandenburg gemietet. Er lag direkt an einem kleinen See. Von drei Seiten war das Häuschen von großen Kiefern umgeben. Während wir auf der dem Wald abgewandten Seite auf der Terrasse saßen und unsere Blicke über das Wasser schweifen ließen, genossen wir die Ruhe, den Sonnenschein, die Wärme. Wir hatten seit Jahren das erste Mal das Gefühl, keinerlei Verpflichtungen zu haben.
Doch nach einigen Tagen wurde uns klar, dass das zwar alles recht schön ist, aber eigentlich fühlte es sich ziemlich leer und öde an. Ohne unsere Hunde war es nicht komplett. Wir waren anscheinend richtige Hundemenschen geworden. Diese ganzen Freiheiten, die sich durch das Leben ohne Hunde ergaben, erfreuten uns nicht annähernd so sehr, wie das Leben mit ihnen unsere Herzen erfüllt hatte.
Seit Tannes Tod waren mittlerweile einige Monate vergangen, Bobby war nun schon zwei Jahre nicht mehr bei uns. Wir vermissten die beiden sehr. Dennoch, vielleicht war es an der Zeit, wieder ein Tier zu uns zu holen. Wir nahmen uns vor, nicht gezielt nach einem Hund zu suchen, sondern zu warten, bis sich etwas ergibt.

Nach unserem kurzen Urlaub kam ich am Montagmorgen in die Klinik und Saskia empfing mich mit den Worten: „Anne ist wieder zurück." Ich wusste zuerst nicht, was sie meinte, und glaubte zunächst, dass sie von einer Patientin spricht. Aber schnell war klar, dass es der kleine anschmiegsame Welpe war, über den sie sprach. „Sie wurde von der jungen Frau zurückgebracht." sprach Saskia weiter. „Irgendwie hat es wohl nicht funktioniert. Die zwei anderen Welpen und Thessa sind auch noch da. Scheinbar will niemand die Hunde haben und für die Halterin ist das mit den vier Hunden eine enorme Belastung."

Das war unglaublich. Gerade hatten wir beschlossen, wieder einen Hund aufzunehmen und schon schien sich eine Gelegenheit zu bieten. Saskia steckte mich mit ihrer Aufregung sofort an und wir verabredeten, dass sie so schnell wie möglich ein Treffen mit uns und der Halterin organisiert.

Am folgenden Wochenende fuhren wir los, um die Hunde in Augenschein zu nehmen. Es war abgesprochen, uns auf einem Feld zu treffen und gemeinsam einen Spaziergang zu unternehmen. Als wir ankamen, sahen wir zuerst Saskias Auto. Sie hatte Alf mitgebracht, der zu einem stattlichen Rüden herangewachsen war. Die Halterin des kleinen Rudels und ihr erwachsener Sohn kamen wenige Minuten nach unserem Eintreffen an. In ihrem Kombi rumorte es ordentlich, als sie anhielten. Nach einer kurzen Begrüßung ging sie um ihr Auto herum und öffnete die Heckklappe. Es entlud sich eine geballte Menge Hundeenergie. Jeder Hund wollte möglichst als erster das Auto verlassen. Alle quetschten sich zugleich durch die Öffnung in die Freiheit. Die Hunde sprangen wie verrückt um uns herum und an uns hoch. Es war ein fürchterliches Tohuwabohu mit lautstarkem Gebell, Gehüpfe und aufgeregtem Hin-und-Her-Gerenne.

Ich weiß nicht, was ich mir gedacht hatte, aber das waren keine Welpen. Die fast ausgewachsenen Junghunde waren schon größer als ihre Mutter Thessa und keiner von ihnen wirkte auch nur annähernd wie ein Welpe. Na klar, es war ja schon ein ganzes Jahr vergangen, nachdem wir die Kleinen kennengelernt hatten. Aus Anne war ein mittelgroßer, schlanker Hund geworden. Ihr hellbraunes, kurzes Fell glänzte in der Sonne und ihre Mimik war sehr ausdrucksstark, da das Fell um ihre Augen und ihre Augenbrauen dunkler gezeichnet war als der Rest des Kopfes. Anne beschnüffelte uns kurz und beachtete uns dann nicht weiter. Der folgende Spaziergang war sehr anstrengend. Mir ging der Ausdruck „einen Sack Flöhe hüten" durch den Kopf. Ich hatte den

Eindruck, dass jeder Hund machte, was er wollte. Anne, die wir hauptsächlich beobachteten, hatte nicht viel zu sagen. Die anderen Junghunde begrenzten und maßregelten sie ständig.

Als zweihundert Meter entfernt ein Fahrradfahrer auftauchte, hetzten plötzlich alle Hunde wie von der Tarantel gestochen los. Mir blieb für einen Moment das Herz stehen.

Obwohl die Halterin und ihr Sohn aus Leibeskräften hinter den Hunden her schrien, blieb nur Thessa, die Mutterhündin, einen Augenblick leicht verdutzt stehen, um dann aber doch dem laut kläffenden und sich schnell entfernenden Rudel zu folgen. Der arme Fahrradfahrer fiel mit seinem Fahrrad beim Anhalten fast um. Um ihn herum sprangen und bellten fünf energiegeladene Hunde. Wir eilten ihnen hinterher. Endlich, am Ort des Geschehens angekommen, schnappte sich jeder von uns eine der Bestien am Halsband. Die Halterin der wüsten Schar entschuldigte sich bei dem erbosten Radfahrer und wir gingen langsam zum Auto zurück.

Was mir in dieser Situation auffiel, war, dass sich Anne, die Zarteste von allen, am lautstärksten hervortat. Eben noch wurde sie von den anderen Hunden ständig zurechtgewiesen, um kurz darauf als zähnefletschendes Monster wehrlose Fahrradfahrer zu terrorisieren.

Gabi war geschockt. Wollten wir diese Hündin wirklich zu uns holen? Darüber mussten wir erst mal in Ruhe reden. Nebenbei erfuhren wir, dass das nicht der erste dieser Vorfälle war. Die Hunde hatten also schon einige derartige Erfahrungen gesammelt. Offensichtlich entwickelt das kleine Rudel unter bestimmten Umständen eine Dynamik, die im Alltag zu unschönen Situationen führte. Wir konnten nicht sagen, wie sich Anne ohne die anderen Hunde benehmen würde. Können wir diese geballte Energie in Bahnen lenken, die uns ein möglichst stressarmes Zusammenleben ermöglichten?

Unser verstorbener Hund Bobby sah bis zu seinem Lebensende in jedem Hund, dem er begegnete, ein unbedingt zu attackierendes Objekt. Er drehte in diesen Situationen vollkommen durch. Es war nicht immer leicht mit ihm. Zudem wussten wir auch nicht, wie wir mit diesem Verhalten umgehen sollten. Alle „Experten", die wir damals befragten, arbeiteten ausschließlich über Strafen. „Ihr müsst den Willen des Hundes brechen" und „wenn es ihm nicht weh tut, lernt der das nie" waren die Ratschläge, die wir bekamen. Da wir es selbst nicht besser wussten, war unser Haupterziehungsmittel somit die Bestrafung.

Selbst heute möchte ich noch vor Scham im Boden versinken, wenn ich mich daran erinnere, wie roh und mit wie wenig Empathie ich mit Bobby in seinen jungen Jahren umgegangen bin.

Diese Art der Erziehung wollte ich Anne nicht auch angedeihen lassen. Doch was sollten wir tun, wenn es mit ihr überhaupt nicht funktionieren würde?

Mittlerweile gab es einige Bücher über Hundeerziehung, die Ausbildungsmethoden vorstellten, welche nicht ausschließlich auf Strafe beruhten. Allmählich begann sich die Einstellung gegenüber Tieren und ganz speziell Hunden, zu ändern. Hunde wurden zunehmend als Sozialpartner und Familienmitglieder akzeptiert. Damit änderte sich auch der Umgang mit ihnen und die Ausbildungskonzepte wurden vielfältiger.

Wir beschlossen, Anne zu uns zu holen, zu sehen, wie es im Alltag läuft und dann zu entscheiden, ob wir Hilfe bei ihrer Erziehung benötigten.

Der Tag, an dem Anne zu uns kam

Wir trafen uns mit Annes Halterin auf einem Parkplatz, um unser neues Familienmitglied in Empfang zu nehmen.

Was wir nicht wussten, war, dass wir zu Anne auch noch ein Hundebett, Annes beide Hundedecken, reichlich Hundespielzeug, zwei Leinen und allerhand Futtervorräte mitbekamen.

Nach vielen Abschiedstränen der bisherigen Halterin machten wir uns mit gefülltem Kofferraum und Anne auf dem Rücksitz auf den Heimweg.

Als wir zu Hause das Auto entluden, schlug uns aus dem Kofferraum ein starker Uringeruch entgegen. Wahrscheinlich hatte sich Anne kurz vor der Übergabe noch auf einer ihrer Decken erleichtert.

Wir nahmen Anne an die Leine, gingen mit ihr langsam durch die Wohnung und ließen sie ihr neues Zuhause beschnüffeln. Sie war sehr aufgeregt und wir entschlossen uns deshalb, mit ihr in den Wald zu gehen, damit sie ihr neues Umfeld kennenlernen und gleich etwas Energie abbauen konnte. Damals wohnten wir in einem kleinen Gewerbegebiet in der Rheinebene, nahe Karlsruhe. Direkt hinter dem Haus begann der Hardtwald, ein großes Waldgebiet mit tollen, kilometerlangen Wegen.

Draußen zeigte sich Anne von ihrer besten Seite. Sie zog zwar etwas an der langen Leine, aber ansonsten war sie uns gegenüber sehr aufmerksam. Riefen wir ihren Namen, kam sie gleich schwanzwedelnd zu uns gelaufen. Das sah ja schon mal ganz gut aus. Allein, ohne ihre Geschwister und ihre Mutter, war sie uns gegenüber zugänglich und aufmerksam.

In ihrer ersten Nacht bei uns schlief Anne ruhig in ihrem Hundekörbchen, das neben Gabis Bett stand.

Am folgenden Morgen wachte ich ziemlich früh auf, schaute vorsichtig über Gabi hinweg, um zu sehen, ob Anne noch schlief. Ich sah Annes Kopf, der wach und neugierig zu mir schaute. Ihre Ohren tanzten unentschlossen vor und zurück. „Hallo Anne" sagte ich leise mit freundlichem Ton. Das reichte völlig aus. Mit einem großen Satz sprang sie zuerst auf Gabi, die mit einem Schrei entsetzt erwachte, hüpfte unerschrocken weiter zu meiner Bettseite und war anscheinend vollkommen entzückt davon, auf uns und dem Bett hin und her springen zu können. Sie versuchte ganz aufgeregt, unsere Gesichter abzulecken. Dabei pinkelte sie im Überschwang alles voll.

„Na toll," sagte Gabi laut lachend, während Anne weiter auf uns herum kasperte „da müssen wir wohl demnächst etwas früher aufstehen."

Es stellte sich jedoch heraus, dass Anne bei jeglicher Form von Aufregung Urin absetzte. Wenn sie bemerkte, dass wir sie zum Spazierengehen anleinen wollten, wenn ihr Futter in den Napf geschüttet wurde, wenn wir zurück zum Auto kamen, in dem sie kurz allein gewartet hatte und wenn sie einen von uns begrüßte, nachdem dieser unermesslich lange zwei Minuten den Müll hinausgebracht hatte.

Das erklärte wahrscheinlich auch den Uringeruch auf den Decken, die wir mitbekommen hatten.

Wir mussten zuerst einmal unsere eigenen Freudenausbrüche Anne gegenüber zügeln. Denn blieben wir ruhig und gelassen bei unseren Wiedersehen, beruhigte sie sich recht schnell und verlor auch nur wenig Urin oder tröpfelte manchmal auch gar nicht. Das war nicht leicht für uns, denn immerhin freuten wir uns ebenso darüber, Anne wieder zu sehen, wie sie sich über uns freute. Es fiel uns schwer, nicht jedes Mal in ihren Freudentaumel einzustimmen. Obwohl wir unsere Blasenmuskulatur in diesen Situationen gut unter Kontrolle hatten, war es bei Anne eben leider nicht so.

Ihre Freude an den Wiedersehen mit uns unterstrich sie außerdem mit wildem Anspringen. Dabei hüpfte sie an uns hoch, um dann langsam unsere Arme mit ihren Vorderpfoten umklammernd herunterzurutschen. In den ersten Wochen sahen unsere Unterarme aus, als ob wir keinen Hund, sondern eine Wildkatze gegen ihren Willen bei uns beherbergten.

Nach einigen Tagen, während denen ich beobachtete, dass sich Anne draußen gut an uns orientierte, ließ ich sie kurze Strecken frei laufen. Sie ging nie weiter als 30 Meter voraus und schaute sich immer wieder nach uns um. Rief ich Annes Namen, kam sie meistens sofort freudig zurückgerannt. Wahnsinn. Was für ein toller Hund.

Gerade hatte ich Anne wieder einmal abgeleint, erschien ungefähr einhundert Meter vor uns an einer kleinen Waldwegkreuzung, die „Dorf-Gang". Gabi hatte dieser Gruppe von Menschen und Hunden diesen Titel vor einigen Jahren verliehen. Einige Hundehalterinnen trafen sich jeden Tag, um in der Gruppe einen gemeinsamen Spaziergang zu unternehmen. Früher waren wir mit Tanne auch ein Teil der Gang, bis sie die langen Strecken nicht mehr schaffte.

Zwei Labrador-Junghunde, ein Husky, ein Huskymix, ein großer Mischlingsrüde und ein Bearded-Collie bogen um die Ecke. Während uns die Hunde langsam entgegen kamen, waren die dazugehörigen Damen zwar schon akustisch zu erahnen, aber leider noch nicht zu sehen. Anne war einige Meter von mir entfernt, als sie die Hunde sah. Ich rief ihren Namen. Und tatsächlich: sie rannte sofort im gestreckten Galopp davon. Anne zielte genau auf die Hundeschar. Und während einige Hunde ihr Kommen bemerkten, schnüffelten andere weiterhin vertieft das den Weg säumende Gestrüpp ab.

Ich weiß nicht, ob mein Hund meine sich in leichter Panik überschlagenden „Aaaaaanneeee"-Schreie wahrnahm. Vielleicht. Wahrscheinlich waren sie sogar Ansporn für sie, wirklich alles zu geben, denn sie wurde immer schneller.

Kurz vor der Gruppe wechselte sie abrupt die Richtung und raste durch das Unterholz an den Hunden vorbei, wendete und begann das gleiche Manöver von hinten. Ich eilte keuchend auf die Gruppe zu. Mittlerweile waren auch die zu den Hunden gehörenden Frauen angekommen und sahen erstaunt auf den Derwisch, der um ihre Tiere herum wetzte.

Anne konnte sich nicht beruhigen. Der Abstand zu den außenstehenden und verblüfft dreinschauenden Tieren wurde immer kleiner. Es sah so aus, als ob hier ein reichlich übermotivierter Hütehund seiner Arbeit nachging.

Von einigen Hunden waren nun auch schon die ersten Knurrgeräusche zu vernehmen, als Anne an ihnen vorbeischoss.

Ganz außer Atem bei der Meute angekommen, versuchte ich, Anne auf mich aufmerksam zu machen. Plötzlich blieb sie, wie aus einem Rausch erwachend, mit hängender Zunge und heftig atmend neben mir stehen. Ich leinte sie an und war sehr froh, dass das Rudel sie nicht zerpflückt hatte.

„Ist das die kleine Anne, von der Du erzählt hast, dass ihr sie zu Euch nehmt?" fragte mich Hannah, die Besitzerin der Huskys, interessiert. „So klein ist sie ja gar nicht." fuhr sie fort.

„Ja, das ist sie" sagte ich, immer noch außer Atem. „Tut mir leid mit der Aufregung, aber ich hatte sie gerade los gemacht, als Eure Hunde um die Ecke gebogen sind." „Ist doch nichts passiert." sagte Susanne, zu der der braune Labrador-Junghund gehörte. „Ich finde das wirklich toll, dass alle Hunde so cool geblieben sind."

Gemeinsam ging ich mit der Dorf-Gang zurück in Richtung Waldrand. Anne behielt ich an der Leine. So konnten sich alle Hunde entspannt aneinander gewöhnen. Außerdem war meine Lust auf unvorhergesehene Zwischenfälle für heute gestillt.

Ab diesem Tag gingen wir regelmäßig mit den anderen spazieren. Anne ließen wir die ersten Minuten an der Leine, bis sie sich beruhigt hatte. Dann durfte sie den Rest der Runde mit dem Rudel frei laufen.

In den nächsten Wochen hatten wir mehrere ähnliche Begegnungen, von denen aber nicht alle so friedlich abliefen, wie die mit den Dorfhunden. Obwohl ich versuchte, alle Eventualitäten vorherzusehen, kam es doch manchmal vor, dass ich zu spät reagierte. Sehr stark engagierte sich Anne bei Fahrradfahrern. Richtig extrem wurde es, wenn die Fahrradfahrer auch noch einen Hund bei sich hatten. Dann wurde sie zum wütenden Ein-Hund-Mob. Mein sinnloses Hinterherschreien brachte gar nichts und mein Ärger über Anne, nachdem die Situation ausgestanden war, verbesserte unsere Beziehung nicht gerade.

Offensichtlich hatten wir beide ein Impulskontroll-Problem. Sie konnte nicht ruhig bleiben, wenn Auslöser wie Fahrradfahrer, Jogger oder andere Hunde auftauchten und ich hatte große Probleme, sie hinterher nicht ewig lange mit meinem Ärger einzuschüchtern. Manchmal schlich sie zehn Minuten mit angelegten Ohren und großem Abstand hinter mir her, nachdem sie einen Zusammenstoß hatte. Ich fand das erstaunlich. Mein erster Gedanke dazu war: „Sie hat ein schlechtes Gewissen, weil sie weiß, dass dieses Verhalten falsch ist." Irgendwann bemerkte ich, dass Anne dieses unterwürfige Verhalten sofort aufgab, wenn mein Ärger verflogen war. Konnte es sein, dass sie den Vorfall, bei dem sie so austickte, als für sie ganz normales Verhalten betrachtete und ihr vermeintlich „schlechtes Gewissen" nur Angst vor mir und meinem Ärger war? Wenn dem so ist, hatte es ja gar keinen Sinn, sie im Nachhinein zu bestrafen.

So konnte es jedenfalls nicht weitergehen. Wir mussten uns erst einmal um ein paar Grundlagen kümmern.

Ich kaufte einige Bücher über Hundeerziehung. Beim Lesen hatte ich das Gefühl, dass die Autoren zwar viel über Hunde und ihr Verhalten wussten. Bei einigen Thesen, die sie aufstellten, beschlich mich allerdings der Verdacht, dass Alltagsbeobachtungen und bestimmte Verhaltensmuster mit selbsterfundenen Theorien verbrämt, den Hunden menschliche Motive unterstellt und, was das Schlimmste war, als unumstößliche Wahrheiten dargestellt wurden.

Man konnte sich als Leser aussuchen, welcher der vielen unterschiedlichen Theorien man folgen wollte. Weiterhin spielten in den von mir erworbenen Publikationen Themen wie individuelle Erfahrungen, Traumata, Alter und Lebensumfeld der Hunde fast keine Rolle. In dem einen Buch wurden für alle Tiere die gleichen Übungen, die gleichen Strafen und die gleichen Belohnungen vorgeschlagen. In wieder einem weiteren Buch fand ich andere Übungen, andere Belohnungen usw. Auch dort gab es für alle Tiere das gleiche Programm. Ich brauchte eine Weile, bevor mir klar wurde, dass das ja gar nicht anders geht, denn sonst müsste für jeden Hund ein eigenes Buch geschrieben werden. Diese Erkenntnis war einerseits enttäuschend, andererseits gab es aber somit einen größeren Spielraum. Aus dem großen Pool der Meinungen und Ideen der Autoren konnte ich das Beste für Anne extrahieren und schauen, was bei ihr funktionierte oder eben nicht. Da Anne ein gefräßiges Raubtier war, erschien mir die Methode, gute und schnelle Ergebnisse mit Leckerchen zu erzielen, den größten Erfolg zu versprechen.

Wir begannen mit einfachen Dingen wie „Platz", „Sitz" und „Bleib". Einige dieser Sachen konnte Anne schon recht gut, als sie zu uns kam, doch die kleinste Ablenkung reichte aus, das Signal „Platz" zum Signal „Rumhüpfen-und-doofe-Fußgänger-anbellen" zu modifizieren.

Doch im Laufe der Monate wurden wir ein richtig gutes Team. Ich lernte, geduldiger zu werden. Anne lernte, ruhiger zu werden und nicht jedes Mal gleich auszuflippen. Sie war zwar immer noch ein impulsiver junger Hund, aber ihre ungezügelten Ausbrüche wurden seltener. Und jedes Mal, wenn sie sich beherrschte, platzte ich vor Glück aus allen Nähten und war fürchterlich stolz auf sie, auch wenn mir durchaus bewusst war, dass die Hauptarbeit von den Leckerchen getan wurde.

Ihre Aversion gegenüber Fahrradfahrern begannen wir ihr abzutrainieren, indem wir uns in geringer Entfernung an einem Radweg niederließen und jeden Radfahrer, auf den sie nicht mit Bellen und an der Leine zerren reagierte, mit Leckerchen belohnten. Wir konnten es nicht glauben, wie schnell sie das Prinzip verstand und ihr Verhalten anpasste.

An den folgenden Tagen wechselten wir häufiger unsere Standorte an diversen Radwegen und von Radfahrern stark frequentierten Straßen.

Irgendwann interessierten Anne die Radfahrer nicht mehr, selbst als wir direkt am Radweg standen. Sie legte sich völlig entspannt hin und sah nur noch hoch, wenn einer vorbeikam, um zu schauen, warum das mit dem Leckerchen so lange dauert.

Jetzt steigerten wir die Anforderung, indem wir am Rand von Radwegen und Straßen spazieren gingen. Auch das war kein Problem. Sie reagierte zwar mit Ohren-nach-hinten-ausrichten und Umschauen, wenn sie ein Fahrrad hinter uns kommen hörte, aber das war es auch schon. Auf Radfahrer von vorn reagierte sie überhaupt nicht mehr.

Wir fragten einen Bekannten, ob er sich als Radfahr-Dummy zur Verfügung stellt. Wir wussten ja nicht, ob Anne ohne Leine auch ruhig liegen bleibt. Absichtlich wählten wir einen für Anne unbekannten Weg, um das auszuprobieren.

Ich legte unsere Hündin am Wegesrand ins „Platz", leinte sie ab und schon konnte es losgehen. Der wagemutige Dummy kam gemächlich daher geradelt. Anne schaute zwar interessiert, blieb aber liegen. Als die Versuchsperson direkt an uns vorbei fuhr, sah Anne zu mir hoch und bekam ihr Leckerchen. Sie legte gleich wieder ihren Kopf ab und entspannte sich. Unser Fahrradfahrer fuhr noch ein paar Mal in unterschiedlichen Entfernungen und Geschwindigkeiten vorbei. Sie blieb ruhig und hob nicht mal mehr bei jeder Vorbeifahrt ihren Kopf.

Anne war nun schon ein ganzes Jahr bei uns. Aus dem ungestümen Attacke-Monster war eine zuverlässige, nur noch äußerst selten ausflippende Hündin geworden.

Uns fiel auf, dass sie richtig auflebte und sehr glücklich wirkte, wenn sie mit anderen Hunden zusammen war. Ihre ungestüme Art zu spielen, brachte zwar einige Hunde hart an deren Belastungsgrenze. Doch reagierte Anne sensibel auf die Ansagen ihrer Spielkameraden, wenn sie es zu sehr übertrieb.

„Vielleicht wäre es nicht schlecht für Anne, wenn wir einen Zweithund aufnehmen würden." sagte Gabi eines Abends unvermittelt.

Ist so ein Gedanke erst einmal ausgesprochen, nistet er sich so tief ein, dass man an gar nichts anderes mehr denken kann.

„An was für einen Hund hast du denn gedacht?" fragte ich zurück. „Hm, ich weiß nicht," erwiderte Gabi. „vielleicht eine Bulldogge oder einen Staff- Mix?" schlug sie vor.

Wir mochten beide die Hunde der Molosser-Rassen. Da wir in einer Mietwohnung wohnten, kam ein großer Hund schon mal nicht in Frage.

Mit den sogenannten „Kampfhund"-Rassen wiederum, zu denen wir uns sehr hingezogen fühlten, ist es nicht leicht im Alltag. „Die Verantwortung, die man auf sich lädt, ist riesig." sagte ich. „Jetzt stell Dir mal vor, du hast einen Bullterrier oder einen Staffordshire-Terrier und der tickt so aus, wie Anne am Anfang. Dann nehmen die Leute das nicht als unerzogenen Hund wahr, sondern als

Kampfhund-Attacke. Ruck-zuck wird der Hund einkassiert und vielleicht sogar euthanasiert."

„Das ist ein stichhaltiges Argument" sagte Gabi. „Lass uns doch mal auf den Webseiten der Tierschutzorganisationen schauen. Vielleicht passt ja einer deren Hunde zu Anne und uns."

Wie viele Tierschutzorganisationen es gibt, hatten wir bis zum Beginn unserer Suche nicht erahnen können. Ein unüberschaubares Meer an Hundebildern und Beschreibungen der individuellen Lebensläufe breitete sich vor uns aus. Unglaublich viele Hunde müssen ein Zuhause finden.

Allein europaweit werden tausende Tiere von Tierschützern aus schlimmsten Verhältnissen gerettet, aufgenommen, versorgt und, wenn möglich, vermittelt. Wenn man die Geschichte einiger Hunde las, überkam einen das kalte Grausen. Dass Tiere im Allgemeinen keinen großen Stellenwert in den meisten Gesellschaften haben, ist hinlänglich bekannt. Jeder Schlachthof ist ein Beweis dafür. Aber dass auch Tiere, die normalerweise eng an der Seite des Menschen leben, grauenvolle Erfahrungen machen müssen und dass dies häufig geduldet oder sogar gefördert wird, zeigt deutlich das Versagen der Gesellschaften, die für den Schutz dieser Wesen Verantwortung übernehmen müssten.

Während der folgenden Tage sahen wir uns hunderte Hundebilder mit dazu gehörigen Biographien, Wesensbeschreibungen und den jeweiligen Voraussetzungen zur Vermittlung an.

Gabi zeigte mir ein Bild mit dazugehöriger Beschreibung von einem Mischlingsrüden. Der nicht besonders groß wirkende, dunkel-gestromte Hund saß allein auf einem gepflasterten Platz. Man konnte sofort die Bulldoggen-Anteile im Gesicht erkennen. Seine Nase war länger als es bei französischen Bullis der Fall ist. Auch sein Körper war nicht ganz so breit und muskulös wie bei dieser Rasse. Die Wirbelsäule erinnerte von ihrer Länge eher an einen Dackel als an eine Bulldogge. Der Hund gefiel uns sehr. Er sah irgendwie fragil und schutzbedürftig, aber auch ein bisschen verwegen aus.

Laut Tierschutzorganisation hieß der Kleine Toni, war noch ein Junghund, kastriert und gechipt. Er vertrug sich, dem beigefügten

Text nach, gut mit anderen Hunden, war Menschen gegenüber aufgeschlossen und offensichtlich unproblematisch im Alltag zu führen. Für uns war das Ausschlag gebende Argument, dass er gut mit anderen Hunden zurechtkam.

Wir nahmen Kontakt zu der Tierschutzorganisation auf, die das kleine Würmchen vermittelte.

Die in Deutschland lebende Kontaktperson teilte uns mit, dass Toni momentan in Spanien in einem Tierheim lebte, in das er geholt wurde, nachdem ihn Tierschützer aus einer Tötungsstation gerettet hatten.

Tonis Ankunft

Toni kam an einem warmen Nachmittag in einem speziell ausgerüsteten Transporter mit vielen anderen zu vermittelnden Hunden in Deutschland an. Auf dem Parkplatz, der als Treffpunkt für die Übergabe vereinbart war, hatten sich ungefähr zwanzig PKWs eingefunden. Die dazugehörigen Menschen standen in kleinen Gruppen zusammen und zeigten sich gegenseitig die Bilder ihrer zukünftigen Familienmitglieder. Es lag eine freudig aufgeregte Stimmung in der Luft.

Mit einiger Verspätung bog der Transporter von der Straße auf den Parkplatz ein und stellte sich auf einen schattigen Platz.

Zusammen mit dem Fahrer organisierten zwei Frauen vom Tierschutz die Übergabe der Hunde.

Als Toni aus seiner Box geholt wurde, sahen wir erst einmal, wie klein er tatsächlich war. Ich bekam ihn in die Arme gelegt und wir gingen gleich mit ihm zu unserem Auto. Gabi setzte sich mit Toni auf die Rückbank und wir fuhren los. Damit der Stress für ihn nicht zu groß wird, hatten wir Anne zu Hause gelassen. Nach wenigen Kilometern hielten wir an einem ruhigen Waldweg, leinten ihn an und wollten ein paar Schritte mit ihm gehen, damit er sich etwas die Füßchen vertreten und sein Geschäft erledigen kann.

Ich hob Toni vom Rücksitz des Autos und setzte ihn auf dem Waldboden ab. Er erschien vollkommen eingeschüchtert, legte sich sofort hin und war nicht dazu zu bewegen, auch nur einen Schritt zu gehen.

Wir ließen ihm Zeit, sich zu orientieren. Doch er war wie erstarrt. Also wieder rein ins Auto und los.

Ich setzte Gabi zu Hause ab und fuhr weiter mit Toni zu einem nahe gelegenen ruhigen Waldparkplatz, an dem Toni und Anne sich das erste Mal begegnen sollten.

Gabi hatte durch den Wald fünfzehn Minuten Strecke mit Anne vor sich. Da konnten beide etwas Energie loswerden. In der Zwischenzeit hatte ich Toni aus dem Auto gehoben, ihn einige Meter in den Wald hineingetragen und an der Leine auf einer kleinen Wiese abgesetzt. Er lag einfach da und schien nicht in der

Lage zu sein, ein paar Schritte zu gehen.

Als Gabi mit Anne bei uns ankam, vereinbarten wir, dass Anne vorerst an der Leine bleibt und Gabi sich mit ihr in Tonis Nähe aufhält. So können sich beide Hunde auf Distanz aneinander gewöhnen.

Toni lag, wo er lag. Er schaute sich zwar vorsichtig um, zeigte aber keinerlei Zeichen, sich zu erheben.

„Vielleicht ist er gelähmt?" merkte Gabi nach einer Weile sorgenvoll an. „Wer weiß, was auf der langen Fahrt von Spanien bis nach Deutschland passiert ist?"

„Ach was," entgegnete ich zuversichtlicher, als ich mich tatsächlich fühlte, „wahrscheinlich ist der nur vollkommen verängstigt. Der Zwerg weiß doch gar nicht, was mit ihm geschieht. Geben wir ihm noch etwas Zeit."

Wir ließen nun Anne näher an Toni heran. Sie beschnupperte ihn zwar, doch ihr Interesse ließ schnell nach, als sie merkte, dass der andere Hund nicht auf sie reagierte.

Nach einigen Minuten machten wir Anne los. Sie ging nochmals kurz zu Toni, um dann aber doch lieber in Gabis Nähe herum zu schnüffeln und hier und da zu markieren.

Jetzt folgte Toni ihr mit seinen Blicken. Und ganz plötzlich stand er auf, ging dorthin, wo Anne zuletzt hingepieselt hatte und ließ laufen. Der ganze Hund musste innerlich aus Blase bestehen. Er hörte gar nicht mehr auf. Große Erleichterung bei uns - und ihm. Gabi leinte Anne wieder an und wir gingen langsam los. Toni marschierte an seiner Leine einfach mit. Wir bemerkten, dass er sich eigentlich nur an Anne orientierte. Wechselte sie von einer Wegseite zur anderen, wechselte er mit. Pieselte sie irgendwo, strullerte der Kleine da auch hin. Blieb sie stehen, hielt auch er sofort an.

Zu Hause angekommen, zeigten wir Toni sein neues Heim und führten ihn an der Leine durch die Wohnung. Anne folgte uns und beobachtete den Kleinen dabei unablässig. Als wir zum Schluss der Führung im Wohnzimmer angekommen waren, sprang sie auf die Couch und verfolgte interessiert, was Toni da so trieb. Als er in ihre Nähe kam, knurrte sie ihn laut an und zeigte ihm ihre ebenmäßige obere Gebissreihe. Gabi zog sie am Halsband vorsichtig von ihrem Thron.

Jetzt hob ich Toni auf die Couch, setzte mich neben ihn und zeigte Anne, dass sie zu meiner anderen Seite hochspringen konnte. Freudig nahm sie die Einladung an und legte sich an mich. Nach ein paar Minuten schliefen beide Hunde ein.

Na, das lief ja wunderbar.

Wir schmiedeten während des Abends Pläne, wie wir in den kommenden Tagen vorgehen wollten. Spaziergänge mit beiden Tieren wollten wir am Anfang hauptsächlich in abgelegenen Gegenden unternehmen. Begegnungen mit anderen Hunden und Menschen werden wir mit Toni zuerst allein, ohne Anne ausprobieren.

Als es zu dämmern begann und sich kaum noch jemand im Wald herumtrieb, brachen wir zusammen auf, jeder einen Hund an der Leine.

Das funktionierte ausgezeichnet. Nach einer Weile ließen wir Anne frei laufen. Toni wollte zu gern mit ihr auf Entdeckungstour gehen. Also bekam er die Schleppleine dran und schon konnte es losgehen.

Obwohl Toni wie ein Schatten an Anne klebte, schien sie überhaupt nicht von ihm genervt zu sein. Sie machte einfach ihr Ding und der Zwerg benahm sich wie ein Verhaltensecho von Anne. Trabte sie los, flitzte er mit seinen kurzen Beinchen hinterher. Markierte sie an einem Strauch, wartete er geduldig, bis sie fertig war und gab dann sein Bestes, um sich dort auch ein paar Tröpfchen abzupressen. Hielt sie an, weil sie ein Geräusch im Wald hörte, blieb auch er stehen, schaute kurz zu ihr und lauschte dann in die gleiche Richtung. Riefen wir Anne, rannte sie freudig zu uns zurück. Toni tat es ihr gleich.

Als wir sein Verhalten eine Weile beobachtet hatten, waren wir sehr froh, dass Anne mittlerweile so zuverlässig war. Wenn er sich weiterhin so an ihr orientierte, konnten wir uns einige Mühe sparen. Er würde sehr viel von ihr lernen können.

Wieder zu Hause angekommen, zogen wir ein erstes Resümee. Bisher war alles besser gelaufen, als wir gehofft hatten. Es hatte keine heiklen Situationen gegeben. Anne verhielt sich vorbildlich dem neuen Familienmitglied gegenüber. Und Toni erschien uns bisher recht defensiv.

Später, als Gabi ins Schlafzimmer ging, folgte ihr Anne, die ihr Körbchen neben Gabis Bett hatte. Toni und ich blieben zurück. Während ich noch einige Folgen einer Serie schaute, schlief er tief und fest neben mir. Ich beobachtete ihn und war gerührt von seinem welpenhaften Aussehen. Er lag auf der Seite und drückte sich im Schlaf mit seinem Rücken an mein Bein. Als es dunkel war, beugte ich mich über ihn, um die Lampe neben der Couch anzuschalten. Plötzlich erwachte Toni, biss mir ohne Vorwarnung ins Gesicht, ließ sofort wieder ab, sprang von der Couch und verkroch sich unter dem Wohnzimmertisch. Er saß zitternd dort und schaute ängstlich zu mir hoch.

Ich war vollkommen überrascht von Tonis Attacke. Zunächst ging ich ins Bad, da ich merkte, dass mir Blut übers Gesicht lief. Im Spiegel sah ich, dass es nur ein kleiner Riss auf meiner Stirn war. Während ich das Blut abwusch, machte ich mir Gedanken, was da gerade schiefgelaufen war.

Wahrscheinlich ist er durch das Schaltergeräusch der Lampe aufgewacht, hat im flackernden Halbdunkel über sich etwas großes, bedrohliches wahrgenommen und intuitiv gehandelt.

Ich war nicht böse auf den Zwerg. Er kannte uns ja noch nicht, war in ein vollkommen unbekanntes Umfeld gesteckt worden und wusste nicht, dass von uns keine Gefahr ausgeht. Demnächst sollte ich wohl besser aufpassen, um Toni nicht wieder in eine so unangenehme Situation zu bringen, in der er so reagieren musste. Zurück im Wohnzimmer setzte ich mich genau dahin, wo ich zuvor gesessen hatte und versuchte, ruhig und gelassen zu wirken. Das Bulldöggchen saß immer noch zitternd unter dem Tisch. Ich ließ ihn dort einfach sitzen und hoffte, dass er sich beruhigen und bemerken würde, dass ich keine Bedrohung für ihn darstelle. Und tatsächlich, nach etwa einer halben Stunde kam er unter dem Tisch hervor, stellte sich vor die Couch und sah mich an. Ich klopfte auf den Platz neben mir, sagte freundlich: „Komm hoch" und schon saß er wieder neben mir. Ich streichelte ihn und kurz darauf rollte er sich an meinem Bein zusammen und schlief wieder ein.

Als ich später ins Bett ging, folgte mir Toni. Aber anstatt sich in sein bereitgestelltes Körbchen zu legen, sprang er auf unser Bett. Er saß am Fußende und beobachtete mich aufmerksam. Wir haben nichts dagegen, wenn unsere Hunde mit im Bett schlafen wollen. Allerdings bevorzugte es Anne, allein neben unserem Bett zu schlafen und nur morgens zum Rumtollen und Kuscheln zu uns hochzuspringen.

Wenn Toni lieber bei uns schlafen will, ist das vollkommen ok. Als ich mich zugedeckt hatte, stapfte Toni vorsichtig über mich hinweg und versuchte mit seiner Schnute die Decke seitlich anzuheben. Ich war erstaunt und half ihm, indem ich den Stoff etwas anhob. Toni krabbelte unter meine Decke, rollte sich an meinem Bauch zusammen, schnaufte einmal laut durch und entspannte sich. Einerseits war ich gerührt. Andererseits machte ich mir doch Gedanken, ob ich am nächsten Morgen mit heraushängenden Eingeweiden tot in meinem Bett aufgefunden werde.

Probeweise bewegte ich mich vorsichtig etwas von ihm weg, um zu sehen, ob ich gleich wieder angefallen werde. Aber Toni rückte nur sofort nach, damit sein Kontakt zu mir auch wirklich gewährleistet war.

Die Nacht war nicht besonders erholsam für mich, da ich immerzu Angst hatte, den kleinen Kerl im Schlaf zu erdrücken. Aber Toni fühlte sich offensichtlich geborgen. Na, dann ist es halt so. Immer wenn ich zwischendurch erwachte, überprüfte ich, ob die Decke in der Nähe seines Kopfes etwas angehoben war. Er sollte ja genug Luft bekommen. Am Morgen lag ich schon zur Hälfte in Gabis Bett, während Toni quer über meiner Betthälfte ausgestreckt auf der Seite lag und schnarchte.

Als Anne mitbekam, dass Gabi und ich wach waren, sprang sie wie üblich beglückt aufs Bett. Toni wachte auf und brummte Anne laut an. „Das geht nicht, du bist hier nicht der Chef" sagte Gabi, schnappte sich Toni und setzte ihn neben dem Bett auf den Boden. Natürlich sprang er sofort wieder hoch. Doch Gabi blieb unerbittlich. Sofort setzte sie ihn wortlos wieder runter. Etwas verdutzt blieb er dort sitzen und schaute zu, als Anne mit uns das morgendliche „Da-seid-ihr-ja-endlich, wir-haben-uns-soooo-lange-nicht-gesehen-Ritual" durchführte. Dabei sprang sie auf dem Bett und uns herum, leckte uns ab, schmiss sich auf den Rücken und wollte am Bauch gestreichelt werden. Nach ein paar Minuten hüpfte Anne vom Bett und zeigte uns, falls wir es über Nacht vergessen haben sollten, wo die Küche ist. Sie flitzte mehrmals zwischen Schlafzimmer und Küche hin und her. Und obwohl Toni sicher nicht wusste, was das soll, beteiligte er sich engagiert an der Aufforderung, dem nahenden Hungertod zuvorzukommen. Er sauste Anne einfach immer hinterher.

Wir gingen in die Küche, bereiteten zwei Näpfe mit Hundefutter vor und stellten sie in Sichtweite voneinander entfernt auf. Vorsichtshalber blieben wir in der Nähe, um notfalls eingreifen zu können. Aber beide Hunde schlangen ihr Futter zügig runter, ohne sich um den Napf des anderen zu kümmern. Sehr schön.

Da Anne und Toni seit dem vorigen Abend nicht mehr draußen waren und wir nicht wussten, wie es um Tonis Stubenreinheit bestellt ist, machten wir uns zügig fertig, damit im Haus kein Malheur geschieht.

Anne hatte bisher nur dann durch die Wohnungstür gedurft, nachdem wir vorgegangen waren. Diese Selbstverständlichkeit schien sie nun aber völlig vergessen zu haben. Der kleine Neuankömmling zappelte so um sie herum, dass sie alles bisher Gelernte vergaß und regelrecht drängelte. „Führen wir jetzt das Ruheprogramm durch oder ignorieren wir das Gedränge, Hauptsache Toni macht nicht ins Haus?" fragte Gabi. Ich überlegte einen Augenblick und entschied: „Wir ignorieren!"

Das „Ruheprogramm" ging auf die Zeit zurück, als Anne bei jeder noch so geringen Aufregung unter sich ließ.

Wir hatten ihr angewöhnt, dass es, zum Beispiel mit dem Anleinen und Rausgehen, erst los geht, wenn sie ruhig und gelassen bleibt. Meistens saß sie ruhig da, ließ sich das Halsband umlegen, die Leine anklicken und wartete, bis wir die Tür geöffnet hatten, hindurch gegangen waren und sie zu uns riefen. Das gleiche Prozedere, nur ohne Anleinen, fand dann nochmals an der Haustür statt.

Wir öffneten also dieses Mal die Tür, ohne auf Ruhe zu warten. Die Hunde quetschten sich sofort durch den Türspalt. Genau in diesem Moment öffnete sich auch die Tür unseres Nachbarn. Beide Hunde gerieten sofort in volle Fahrt, bellten, dass einem die Ohren klingelten und zerrten an ihren Leinen.

Noch bevor wir den Hausflur erreicht hatten, hörten wir unseren Nachbarn schon, die Hunde übertönend, rufen: „Na ihr Süßen... Au, verdammt!"

Während Anne sich schnell beruhigt hatte und sich bereits über das Wiedersehen mit dem freundlichen Hausbewohner freute, hatte Toni die Chance genutzt und die Hand des nach ihm greifenden Nachbarn gelocht.

Blöder kann es eigentlich nicht laufen. Toni war noch nicht mal einen Tag bei uns und schon hatten wir den zweiten Vorfall, bei dem er gebissen hatte. Dieses Mal lief zwar kein Blut, aber seine Zahnabdrücke waren auf der Hand unseres Nachbarn gut zu erkennen.

„Ist nichts passiert," polterte der Frühpensionär in unsere Richtung und wendete sich sofort wieder den Hunden zu. „Na, wer bist du denn? Du brauchst doch keine Angst zu haben." Und schon war er mit seiner frisch gestanzten Hand wieder in Richtung Toni unterwegs. „Nein! Nicht!" rief ich, Tonis Gekläffe übertönend, mit Nachdruck. Ich konnte es gar nicht glauben, dass er den immer noch wild bellenden Hund ein weiteres Mal anfassen wollte. Etwas erschrocken und ein bisschen gekränkt richtete er sich auf und erzählte uns, übrigens nicht zum ersten Mal, dass er Erfahrung mit Hunden hat und immerhin selbst einen Schäferhund hatte.

Manchmal fragte ich mich, ob alle Männer in diesem Alter einen Schäferhund gehalten hatten. Ich kenne viele Herren im fortgeschrittenen Alter, die, als sie jünger waren, Schäferhunde im Zwinger hielten. Vielleicht ist das so eine gesellschaftliche Konvention gewesen, wie Tennisspielen in den 1980-er und 1990-er Jahren.

Wir baten ihn, Toni zunächst nicht mehr zu streicheln. Da wir selbst nicht wussten, wie sich unser Zusammenleben mit dem neuen Hund gestaltete und ob die zwei Vorfälle nur Ausnahmen waren oder Tonis „normales" Verhalten widerspiegelten, wollten wir vorerst lieber auf Nummer sicher gehen.

Im Wald verhielt sich Toni genauso, wie wir es vom Vortag kannten. Er richtete sich nach Anne.

Während er an der Schleppleine blieb, durfte Anne frei laufen.
Durch die zwei Vorkommnisse mit Tonis Gebissbeteiligung waren
wir sehr verunsichert, wie wir mit ihm agieren sollten. Draußen,
im Wald, schien es ja ganz gut zu funktionieren, doch wenn ihm
Menschen zu nahekamen, griff Toni scheinbar ohne Vorwarnung
an. Da würden wir sicherlich Hilfe benötigen.

Gabi und ich beratschlagten, ob wir ihn noch eine Weile
beobachten oder gleich Rat einholen sollten. Wir beschlossen, Toni
zwei Wochen Eingewöhnungszeit zu geben. Sollte sich innerhalb
dieser Zeit nichts ändern, suchen wir nach einem Trainer.
Während des Spaziergangs im Wald sollten wir die nächste
Erfahrung machen. Wir hatten frohlockt, dass Toni, da er sich so
stark nach Anne richtete, auch viel von Anne lernen wird. Dass
dies auch in die andere Richtung funktioniert, wurde uns einige
Minuten später vorgeführt.
Wir bogen gerade auf einen größeren Weg ab, als wir von weitem
einen Radfahrer auf uns zukommen sahen. Ich brachte Anne am
Wegrand ins „Platz" und leinte sie vorsichtshalber an. Gabi hielt
Toni dicht neben Anne kurz an der Leine. Als der Radfahrer
näherkam und ungefähr fünfzig Meter von uns entfernt war,
schoss Toni nach vorn und bellte angriffslustig in Richtung des
sich nähernden Menschen.
Nun erinnerte sich auch Anne wieder, wie sie früher Radfahrer
vertrieben hatte.
Sie sprang auf und schloss sich Tonis Verhalten an. Beide Hunde
bellten und zerrten an ihren Leinen, als ob es um ihr Leben ginge.
Toni orientierte sich also nicht nur an Anne, sondern Anne kippte
auch in ihre alten Muster zurück, die wir bei ihr als längst
eliminiert angesehen hatten.

Der Radfahrer fuhr mit einem verächtlichen Blick an uns vorüber.
Wahrscheinlich dachte er: „Schon wieder solche Deppen, die ihre
Hunde nicht unter Kontrolle haben."
Die Dynamik der beiden Hunde war so enorm, dass wir einfach
nur abwarten konnten, bis sich beide wieder beruhigt hatten.
Als das Fahrrad außer Sichtweite war, schüttelten sich beide

Hunde und wir hatten im Nu wieder zwei Lämmchen an den Leinen.

Da hatten wir wohl ein ordentliches Stück Arbeit vor uns.

Wir entschlossen uns, in den kommenden Tagen mit jedem Hund einzeln zu arbeiten.

In der Wohnung werden wir das Ruheprogramm auf beide Tiere ausdehnen. Toni wird außerdem genauso wie Anne trainiert, um ihn gegenüber Radfahrern zu desensibilisieren. Bei Anne muss das bisher Erlernte weiter gefestigt werden, damit sie auch im Beisein von Toni ruhig bleiben kann.

Am selben Tag fingen wir damit an, das geplante Training umzusetzen.

Gabi arbeitete mit Anne, ich mit Toni. Erst am späten Abend, wenn niemand mehr im Wald unterwegs ist, würden wir mit beiden Hunden gemeinsam hinausgehen.

Schnell stellte sich heraus, dass Toni auf vieles, was sich bewegt, mit Angriff reagierte. Autos, Skater, Fahrradfahrer, Motorräder, Jogger, Spaziergänger, Katzen, Vögel, vom Wind aufgewirbeltes Laub, Wildtiere und natürlich auch auf Hunde. Dazu zeigte er panisches Verhalten, wenn Tüten raschelten, Insekten in seiner Nähe flogen und Plastikflaschen knackten.

Zwei Tage nachdem Toni bei uns eingezogen war, ging ich mit ihm an einem strahlend schönen Nachmittag los. Gerade hatten wir den Waldrand erreicht, tauchte etwa einhundert Meter vor uns die Dorf-Gang auf. Die Hunde waren den Menschen wie immer ein gehöriges Stück voraus. Ich hielt an und ging mit Toni zur Seite, um darauf zu warten, dass die zu den Hunden gehörenden Menschen zu ihren Tieren aufschlossen und alle gesittet an uns vorbeimarschieren. Ich hoffte, dass Toni in meiner Nähe die Erfahrung macht, dass andere Hunde keine Gefahr darstellen. Wahrscheinlich würde er aber ordentlich Rabatz machen.

Doch die Neugier der sechs Vierbeiner war größer als die Zugkraft der lauten „HIER"-Rufe der noch einige Meter hinter den Hunden laufenden Besitzerinnen. Die Hunde, die uns mittlerweile bemerkt hatten, näherten sich vorsichtig. Toni stand wie erstarrt da und schaute in Richtung der langsam näherkommenden Tiere.

Erstaunlicherweise bellte er nicht und zerrte auch nicht an der Leine. Kein Geräusch und keine Bewegung gingen von ihm aus. Mir wurde bewusst, dass die Hunde eher bei uns sein würden als die Halterinnen bei ihren Hunden. Ich ließ die Leine etwas länger, damit Toni mehr Spielraum zum Ausweichen vor zu aufdringlich werdenden Gang-Mitgliedern hat.

Als die Hunde schließlich bei uns eintrafen, passierte es: Toni startete durch und schaffte es innerhalb weniger Sekunden, das totale Chaos zu entfesseln. Auf einen Schlag war die Luft mit mehrstimmigem Gequietsche erfüllt und die meisten Hunde des Dorfrudels sprangen hastig auseinander. Die kleine Bulldogge mischte die Gruppe innerhalb weniger Sekunden vollständig auf. Einige Tiere bellten dann aus sicherem Abstand in unsere Richtung. Andere flohen zu ihren Besitzerinnen und ein Hund stand wie erstarrt vor Toni und schien völlig ratlos, wie er mit der Situation umgehen sollte. Wahrscheinlich sah ich in diesem Moment ganz genauso aus. Die Heftigkeit der Attacke hatte mich vollkommen überrascht. Der Kleine stand jetzt zitternd vor mir, die anderen Hunde nicht aus den Augen lassend. Alles ging so schnell, dass ich im Nachhinein nicht sagen könnte, wie der genaue Ablauf des Zusammenstoßes war.

Die zu den anderen Hunden gehörenden Menschen waren nun auch bei uns angekommen und untersuchten ihre Hunde auf Verletzungen. Tatsächlich blutete bei zwei Hunden jeweils ein Ohr und ein Labrador hatte eine kleine blutige Verletzung am Hals. Nur die Huskys und Toni waren blessurfrei davongekommen. Vollkommen überfordert stand ich da und wusste nicht genau, wie und ob ich mich rechtfertigen soll. Die anderen Hundebesitzer blieben jedoch entspannt. Nicht ein einziger Vorwurf war zu hören. Im Gegenteil. „Wir müssen besser aufpassen, dass unsere Hunde nicht so weit vorauslaufen" sagte Hannah. Die anderen nickten und murmelten zustimmende Kommentare. „Dirk", fuhr Hannah sich zu mir umdrehend fort, „vielleicht machen wir es mit dem Kleinen so, wie damals mit Anne? Ihr lauft ein paar Tage mit uns mit und irgendwann kennt er dann alle Hunde und kann mit den anderen frei laufen." Mir fiel ein riesengroßer Stein vom Herzen. „Ja, so machen wir es", antwortete ich. Erleichtert, dass die

Situation so glimpflich abgelaufen war, setzten Toni und ich unseren Weg in den Wald fort.

Während unseres Spaziergangs durchdachte ich die Situation mehrfach und fragte mich wieder und wieder, was ich hätte anders machen können. Die Wahrscheinlichkeit ist ja ziemlich groß, dass solche Begegnungen mit freilaufenden Hunden immer wieder stattfinden werden. Und da nicht davon auszugehen ist, dass Toni von heute auf morgen dieses Verhalten einstellt, wäre es gut, einen Plan für solche Treffen zu haben.

Wir brauchten Hilfe. Und zwar sofort.

Gabi fand eine Hundetrainerin, bei der wir gleich loslegen konnten. Am darauffolgenden Donnerstag fuhr sie mit Toni zum Hundeplatz.

Völlig fassungslos und früher als erwartet kehrte sie zurück. Sie erklärte mir, was passiert war:

Beim Betreten des Platzes und dem Anblick der anderen Hunde regte sich Toni einige Minuten enorm auf, beruhigte sich dann allerdings mehr und mehr.

Es waren sieben weitere Hunde und deren Menschen anwesend. Der mit stoppeligem Gras bewachsene Platz war eingezäunt und lag am Rande einer nicht weit von uns entfernten kleinen Ortschaft.

Einige Tiere waren nicht zum ersten Mal auf diesem Platz und der Trainingsfortschritt der Mensch-Hund-Teams ging weit auseinander.

Leckerchen geben war nicht erwünscht und die Direktive der Trainerin war: „Durchsetzung gegenüber dem Hund." Alle Halter sollten sich mit ihren Hunden in einer Linie aufstellen. Wenn möglich, sollten die Hunde ins „Platz" gebracht werden. Da Toni das noch gar nicht kannte, wurde Gabi angewiesen, ihn herunterzudrücken, bis er lag. Das widerstrebte ihr zutiefst, vor allem, da Tonis Bauch nahezu nackt war und das stachelige Gras sicherlich die Haut stark reizen würde. Gabi sagte: „Ich hole schnell eine Decke aus dem Auto, dann legt er sich bestimmt hin." Das sorgte für einige Erheiterung bei den erfahreneren

Teilnehmern und für Unverständnis bei der Trainerin. „Das ist ein Hund!!! Das Ziel ist es, dass er lernt, alle Kommandos zu jeder Zeit und unter allen Bedingungen auszuführen. Wenn das Gras etwas stachelt, wird er das sicherlich überleben" wies sie Gabi zurecht. Um den Kurs nicht weiter aufzuhalten, zog Gabi ihre Jacke aus und legte sie neben sich. Toni legte sich sofort auf den weichen Untergrund. Trotz der ungewohnten Umgebung und der vielen fremden Menschen und Hunde, verhielt er sich mittlerweile ruhig und aufmerksam.

Neben Gabi und Toni stand eine Frau mit einer oft bellenden Havaneser-Hündin. Die Frau hielt in der einen Hand die Leine und in der anderen Hand eine Wassersprühflasche. Immer wenn ihr Hund bellte, war die Vorgabe der Trainerin, ihn mit Wasser zu besprühen. „Du musst dir das mal vorstellen", sagte Gabi zu mir, „nach zehn Minuten war der Hund schon klatschnass gesprüht, bellte aber trotzdem weiter. Die Halterin wurde immer wieder aufgefordert, die Wasserflasche einzusetzen."

Die gesamte Zeit hatte Gabi das Gefühl, dass die Hunde in Situationen gebracht werden sollten, die den Besitzern immer wieder ermöglichten, sich dem Hund gegenüber durchzusetzen. Zum Beispiel sollte jeweils ein Halter mit seinem Hund zur Gegenseite des Platzes gehen. Dort angekommen, soll er seinen Hund ins „Platz" bringen und warten. Nun startete das nächste Mensch-Hund-Team. Irgendwann standen alle, außer Toni und Gabi, auf der anderen Platzseite nebeneinander am Zaun aufgereiht. Jetzt war es an Gabi und Toni, auf die Platzseite zu wechseln, wo schon die anderen Halter und Hunde warteten. Bis zur Hälfte der Strecke ging alles gut, dann blieb Toni stehen. Er hatte nicht vor, auf die Front aus Menschen und Hunden zuzulaufen. Gabi lockte ihn, doch er wollte nicht. „Gehen Sie einfach weiter" schallte die Stimme der Trainerin, „er wird Ihnen hinterherkommen, wenn der Leinenzug für ihn zu stark wird." Toni hatte schon einen ganz giraffigen Hals. Das Halsband schob die Ohren nach vorn und drückte das Kinn nach oben. Je stärker der Zug von der Leine wurde, desto entschlossener verankerte er sich im Untergrund. Gabi zog stärker und er rutschte nun schon auf allen Vieren hinter ihr her. Irgendwann reichte es ihr. Sie brach die Übung ab, ging wieder zurück, schnappte sich ihre Jacke und verließ den Hundeplatz mit dem jetzt freudig neben ihr herlaufenden Toni.

Während Gabi noch über ihre Erlebnisse auf dem Hundeplatz berichtete, machte ich mir schon die ersten Gedanken, wie es weitergehen soll. Tingeln wir jetzt von Hundeschule zu Hundeschule, bis wir den richtigen Trainer finden? Oder gibt es noch andere Möglichkeiten? Wir könnten auch Einzelstunden buchen, dann hätten wir die Möglichkeit, schon im Vorhinein festzulegen, mit welchen Methoden wir nicht an unserem Hund herumexperimentieren lassen wollen.

Nach einigen Tagen denken, reden, Pläne schmieden und wieder verwerfen, kristallisierte sich allmählich heraus, was uns eigentlich zu schaffen machte: Wir wussten einfach nichts über Hunde. Außer dem, was wir sahen, erlebten und unserer meistens vermenschlichenden Interpretation des sichtbaren Hundeverhaltens, hatten wir überhaupt keine Ahnung. Nach fast zwanzig Jahren Hundehaltung war das ein sehr trauriges Resümee. Doch so sah die Realität aus. Was also sollten wir tun? Irgendwann kam der Gedanke auf, das Wissen über Hunde und deren Verhalten von Grund auf zu erlernen. Vielleicht sollte einer von uns eine Ausbildung zum Trainer oder Verhaltenstherapeuten für Hunde absolvieren.

Wir sahen uns nach Ausbildungsmöglichkeiten um und staunten nicht schlecht, wie viele Anbieter es im deutschsprachigen Raum gab. Nach einigem Suchen und Abwägen, entschieden wir uns, dass ich einen Tag lang an einem Probeunterricht im nahegelegenen Viernheim teilnehmen würde. Ich musste nur etwas über eine Stunde mit dem Auto fahren und vielleicht könnte ich innerhalb dieses Tages schon einschätzen, ob solch eine Ausbildung überhaupt geeignet ist, unsere Probleme zu lösen.

Der Tag der Erkenntnis

Etwas aufgeregt, machte ich mich zwei Wochen später an einem Samstagmorgen auf den Weg zum Probeunterricht.

Der Veranstaltungsort für die theoretischen Unterrichtseinheiten war ein kleines Hotel, nicht weit vom Viernheimer Stadtzentrum entfernt.

Als ich dort eintraf, standen schon einige Menschen, viele davon mit Hund, in kleinen Gruppen vor dem Gebäude.

Im Foyer des Hotels war ein großes Schild aufgestellt, mit dem Hinweis, in welchem Raum sich die zukünftigen Hundeverhaltenstherapeuten einfinden sollen.

Ich stapfte die Treppe ein Stockwerk hinauf und betrat einen Raum, in dem zwei Reihen Tische mit dahinter aufgestellten Stühlen jeweils die Längsseiten des Raumes flankierten. Ich zählte schnell die Stühle und kam auf sechsundzwanzig.

Es saßen schon zwei Personen im Raum, die, ihrer unsicheren Blicke zufolge, wahrscheinlich auch die Möglichkeit des Probeunterrichtes nutzen wollten.

Allmählich füllte sich der Raum mit immer mehr Menschen, von denen die meisten bepackt mit Taschen, Decken, Klappboxen und Rucksäcken einmarschierten. Jeder suchte für sich und seinen Hund einen geeigneten Platz. Einige Teilnehmer hatten sogar zwei Hunde dabei. Ab und zu kam es zu kurzem Gebell und einer Neuordnung der schon Sitzenden, da einige Hunde wohl etwas mehr Distanz zu anderen anwesenden Artgenossen benötigten. Endlich saßen alle. Die Hunde beruhigten sich und legten bzw. setzten sich auf ihre Decken oder in ihre Boxen. Eigentlich hatte ich erwartet, mit meinen fünfundvierzig Jahren der Älteste zu sein. Einige Anwesende waren zwar sehr jung, doch viele waren auch deutlich älter als ich. Wahrscheinlich verkörperte ich den Altersdurchschnitt in diesem Kurs.

Neun Uhr sollte der Kurs beginnen. Zwei Minuten vor neun betrat ein kräftiger Mann, mit Decke unter dem Arm und einem schwarzen Königspudel an einer dünnen durchhängenden Leine, den Raum. Er marschierte direkt durch die Mitte des Raumes, legte die Decke neben den Dozententisch, setzte sich, schaltete den

Beamer an, schlug einen Ordner auf und schaute sich dann ruhig im Raum um. Währenddessen legte sich der Großpudel entspannt auf die Decke, die anderen anwesenden Hunde und Menschen ignorierend. Allmählich kehrte Stille ein. Ich war fasziniert, welche Gelassenheit der Mann und sein Hund ausstrahlten. Ich schätzte, den Dozenten auf Anfang sechzig. Etwas später erfuhr ich, dass er schon über siebzig Jahre alt war. Tatsächlich wirkte er durch seine kraftvolle körperliche Erscheinung und seinen klaren fokussierten Blick wesentlich jünger. Er wartete ab, bis alle Gespräche verebbten und begann dann mit ruhiger und kraftvoller Stimme zu sprechen: „Guten Morgen, meine Damen und Herren. Bevor wir beginnen, überprüfen wir erst einmal die Anwesenheit." Er schaute in den Ordner vor sich und fuhr wieder nach oben blickend fort: „Wir haben heute drei Teilnehmer für den Probeunterricht. Herzlich willkommen."

Dann ging er die Teilnehmerliste Name für Name durch. Einige Anwesende schien er sofort zu erkennen, bei anderen schaute er nach Nennung des Namens fragend in die Runde. Und jetzt wurde mir schlagartig klar, was der Begriff „rotierendes Ausbildungssystem" bedeutete. Ich hatte es zwar auf der Homepage des Ausbildungsinstituts gelesen aber nicht weiter darüber nachgedacht, was das sein soll. Jetzt erkannte ich, dass der Kurs nicht mit allen Teilnehmern zugleich beginnt, sondern quasi als Dauerschleife unentwegt weiterläuft. Dreiundzwanzig Module werden absolviert, Modul vierundzwanzig ist die Abschlussprüfung und es ist purer Zufall, in welchem Modul man einsteigt. Fängt man die Ausbildung an, wenn gerade das Modul dreiundzwanzig durchgenommen wird, bekommt man gleich eine ordentliche Dröhnung. Es wäre also rein rechnerisch möglich, dass bei dreiundzwanzig Teilnehmern jeder verschieden viele Module absolviert hat.

Nach dieser Erkenntnis saß ich etwas verdattert zwischen den anderen und machte mir ernsthafte Gedanken, ob so etwas überhaupt möglich ist und ob ich hier nicht vollkommen falsch bin. Na, mal sehen was noch passiert.

„In diesem Modul beschäftigen wir uns hauptsächlich mit dem Übungsaufbau, den Hilfsmitteln, der Didaktik und der praktischen

Umsetzung der Signale Sitz, Platz und Bleib für das Einzel- und Gruppentraining," eröffnete der Dozent den Unterricht nach der Anwesenheitskontrolle.

Ok, dachte ich, das wird sicherlich nicht so schwierig. Da kann ich als Neuling wahrscheinlich ganz gut mithalten.

„Welche Sinne sprechen wir dafür beim Hund an", fuhr er fort, „und wie wird die Reizweiterleitung im Gehirn stattfinden?" Damit hatte ich nicht gerechnet. Allerdings ging es mir ja schließlich darum, zu verstehen, was beim Hund geschieht, wenn er mit Menschen in Interaktion tritt.

Einige Teilnehmer fingen sofort an, hektisch in ihren Unterlagen zu blättern, andere beschäftigten sich alibimäßig mit ihren Hunden, wieder andere machten ein sehr nachdenkliches Gesicht und fixierten imaginäre Punkte im Raum. Wahrscheinlich hofften sie, wenn sie nur nachdenklich genug dreinschauten, ließe sie möglicherweise der Dozent in Ruhe.

Eine junge Frau, die einen Golden Retriever neben sich liegen hatte, meldete sich. Als sie aufgefordert wurde zu antworten, kam eine ausführliche und unglaublich professionell klingende Antwort. Hätte ich die meisten neuroanatomischen Ausdrücke nicht schon aus meiner Physiotherapie-Ausbildung gekannt, wäre ich bestimmt zur nächsten Pause unauffällig entschwunden. So konnte ich der Vortragenden aber ganz gut folgen. Gleichzeitig bekam ich mit, auf welch hohem Niveau sich die Ausbildung abspielte.

Der gesamte Vormittag war angefüllt mit interessanten Aufgabenstellungen, dem Erarbeiten von Übungsplänen in Kleingruppen und dem Vergleichen und Auswerten der Ergebnisse.

Als die Mittagspause anbrach, fiel mir auf, dass ich mich gar nicht mehr als Beobachter fühlte, sondern mich benahm, als ob ich selbst mitten in der Ausbildung steckte.

Am Nachmittag wurde der Kurs in den Wald verlegt. Nun sollten die einzelnen Gruppen vorführen, was sie erarbeitet hatten.

Zuerst ging es um das Signal „Sitz". Und hier passierte etwas für mich äußerst Bemerkenswertes. Als die erste Gruppe zeigen wollte, wie der Aufbau der Übung strukturiert werden soll und der kleine Jack-Russel-Terrier, mit dem die Übung absolviert werden sollte, sich partout nicht setzen wollte, gab der Dozent keine Anweisungen, wie man das Tier doch noch dazu bringt, sich zu setzten. Stattdessen fragte er alle Anwesenden, was den Hund daran hindern könnte, das Signal auszuführen. Die Antworten prasselten nur so auf ihn ein: Es sind nicht die richtigen Leckerchen, der Hund ist abgelenkt, der will wohl provozieren, der Hund ist rassebedingt eigenwillig, er will Action, anstatt öde Übungen zu absolvieren und so weiter.

Er hörte sich alle Angebote an und fragte dann: „Könnte es einen Grund geben, der uns als Menschen entgeht?"

Nachdenkliche Stille. Er wartete einen Augenblick und fragte die Anwesenden: „Würden sie sich in den Urin anderer Menschen setzen?" Dann wendete er sich der Halterin des Hundes zu und sagte: „Gehen sie bitte mal ein paar Meter mit dem Hund zur Seite und fangen dort von vorn an." Genau da, wo der Hund stand, war ein feuchter Fleck im Sand zu erahnen. Tatsächlich, einige Meter weiter war der Hund willig, mitzuarbeiten.

Und da klickte es fast hörbar in meinen Hirnwindungen. DAS war es, was ich wollte. So gut wie möglich zu verstehen, was einen Hund dazu bewegt, bestimmte Verhaltensweisen zu zeigen oder zu unterlassen. Dieser kurze Augenblick hatte mein „Hundeweltbild" innerhalb einer Sekunde auf den Kopf gestellt. Nicht das stupide Üben und das Erlernen kaum nachvollziehbarer Rituale, Hauptsache der Hund funktioniert, sind von Relevanz, sondern das Verstehen seiner Motive. In diesem Moment wusste ich, dass ich hier genau richtig war.

Total euphorisch fuhr ich vom Probetag nach Hause.

Gabi erzählte ich voller Begeisterung von meinen Erlebnissen in Viernheim. Wir beschlossen, dass ich am Sonntag gleich noch mal am Kurs teilnehme und das dieses Wochenende mein erstes offiziell absolviertes Modul sein würde. Die Entscheidung war getroffen: Ich werde den Beruf des Hundeverhaltenstherapeuten erlernen.

Am nächsten Morgen fuhr ich voller Tatendrang nach Viernheim. Dieses Mal hatte ich Anne dabei und war gespannt, wie sie sich in der Nähe so vieler fremder Hunde benehmen würde. Bevor wir zum Hotel fuhren, ging ich mit ihr in der Nähe von Viernheim im Wald spazieren. Wir übten nebenbei ein paar Signale, die sie schon kannte. Ich erhoffte mir damit, dass sie während des Theorieteils nicht ganz so hibbelig sein wird.

Wir waren die ersten im Hotel. Ich konnte in Ruhe einen Platz im Veranstaltungsraum aussuchen, an dem nicht alle Hunde vor oder hinter uns vorbeimarschieren würden. Anne setzte sich auf ihre Decke unter den Tisch und wir warteten auf die anderen Teilnehmer. Immer wenn ein Hund den Raum betrat, gab ich ihr ein Leckerchen. So blieb sie ruhig, bis der Unterricht begann.

Als der Dozent mit seinem Hund hereinkam und die Gespräche zwischen den Teilnehmern verstummten, legte Anne sich auf ihre Decke und entspannte sich.

Ich war sehr erfreut, dass es bis jetzt so toll mit ihr lief.

Dieser Tag begann mit vielen Wiederholungen. Obwohl ich von den meisten Sachen zum ersten Mal hörte, saugte ich alles auf und versuchte, so viel wie möglich mitzuschreiben. Es gab zwar ein ausführliches Skript, doch hatte ich schon oft bemerkt, dass ich mir neue Informationen besser merken kann, wenn ich sie mit eigenen Worten aufschreibe.

Am Nachmittag trafen sich alle Teilnehmer mit ihren Hunden auf einer großen Wiese. Es wurden einige Übungen sowohl für Gruppensituationen wie auch für das Einzeltraining absolviert: „Platz", „Bleib" und das Rückrufsignal. Anne war eine richtige Musterschülerin. Sie war konzentriert und sehr auf mich fokussiert. Selbst, wenn andere Hunde bellten oder herumspielten, schaute sie zwar interessiert zu, ließ sich aber nicht davon anstecken.

Ein besonderer Moment ist mir von jenem Nachmittag noch lebhaft in Erinnerung geblieben:

Wir erhielten die Aufgabe, uns mit unseren Hunden in einer Linie aufzustellen. Im Abstand von ungefähr zwei Metern standen 23 Menschen nebeneinander, jeweils ihren Hund an ihrer Seite.

„Jetzt legen oder setzen Sie bitte Ihre Hunde neben sich ab", erschallte die Stimme des Dozenten. „Je nachdem, was Ihr Hund besser kann." Da Anne schon neben mir saß, bekam sie einfach nur ein Leckerchen und wir warteten gespannt, was jetzt kommen würde. „Leinen Sie Ihren Hund ab, zeigen dem Hund, dass er bleiben soll und gehen auf die andere Seite des Platzes hinüber." Je nach Temperament oder Ausbildungsstand dauerte es bei einigen Hunden etwas länger, bis sich die Menschen entfernen konnten, ohne dass ihr Hund ihnen nachlief. Als alle ihren Hunden etwa zwanzig Meter entfernt gegenüberstanden, wendete sich der Dozent an eine Teilnehmerin, von der ich wusste, dass sie schon fast am Ende ihrer Ausbildung angekommen war und sagte: „Rufen Sie bitte Ihren Hund zu sich."

Mit freundlicher Stimme rief sie leise: „Leyla, hiiiiier!" Und ihre Hündin schoss freudig auf sie zu. Aber nicht nur der gerufene Hund bewegte sich vorwärts, sondern auch die Hälfte der anderen Tiere rannte nahezu synchron los. Fast der ganze noch verbliebene Rest, der bis dahin brav sitzenden oder liegenden Hunde, sprang eine Sekunde später ebenfalls auf und galoppierte zu den jeweiligen Menschen.

Nur Anne saß noch da und schaute verblüfft zwischen den sich von ihr entfernenden Hunden und mir hin und her. Der Dozent sah mich einen Moment lang an und sagte: „Sie können Ihren Hund jetzt auch rufen." Ich musste nur freundlich „Anne" sagen und schon war sie, erleichtert losspringend, in meine Richtung unterwegs. Während ich Anne ordentlich durchknuddelte, leckte sie mir beglückt das Gesicht ab. Gerade war mir vorgeführt worden, was wir in nur einem Jahr erreicht hatten und was für einen außergewöhnlichen Hund ich an meiner Seite hatte.

Ein Satz, der sich auf die operante Konditionierung bezog, hatte es mir während des ersten Wochenendes besonders angetan: „Entsprechend der Konsequenz, die ein Verhalten des Hundes nach sich zieht, wird dieses Verhalten seltener oder häufiger auftreten." Das schlug bei mir wie eine Bombe ein. Diese eigentlich naheliegende, aber trotzdem fundamentale Erkenntnis, war für mich wie ein Komprimat der Hundeerziehung. Wenn ich also bestimmte Verhaltensweisen an meinem Hund bemerke, die ich toll finde, muss ich nichts weiter tun, als den Hund immer in diesen Situationen zu bestätigen. Zum Beispiel loben, streicheln, oder ein Leckerchen geben. Zeigt der Hund hingegen unerwünschtes Verhalten, kann ich es ignorieren, umlenken oder reglementieren. Besonders erhellend war für mich die Idee, auch Verhaltensweisen zu belohnen, welche ich gar nicht vom Hund verlangt habe, sondern die im Alltag „einfach so" auftauchen, um dann auch sofort bestätigt werden zu können.

Am selben Abend begann ich damit, dieses neue Wissen in unseren Alltag zu integrieren. Als Anne und ich nach dem Kurs im Wald spazieren gingen, achtete ich darauf, dass ich sie immer, wenn sie sich zu mir umdrehte, freundlich ansah und ihr liebevoll ein Bestätigungswort zuflötete, wie zum Beispiel „Fein", oder „Super". Der Effekt war enorm: Viel öfter als vorher, eigentlich alle paar Meter, schaute sie jetzt zu mir, um nach der freundlichen Ansprache entspannt und mit wedelnder Rute weiter zu marschieren. Nach einigen Tagen verknüpfte ich diese Bestätigungsworte mit einem Handzeichen. Als dies gefestigt war, setzte ich die Wörter immer seltener ein. Nur wenige Wochen später brauchten wir für beide Hunde nur noch das Handzeichen. Wir weiteten das Prinzip der Bestätigung erwünschter Verhaltensweisen immer weiter aus. Setzten sich Anne und Toni ohne Aufforderung hin, wenn wir anhielten, um bei Spaziergängen mit anderen Menschen einen kleinen Schwatz zu halten, bekamen sie sofort ein freundliches Wort und ein Leckerchen. Setzten sie sich nicht, ignorierten wir es einfach. Innerhalb weniger Tage war es für beide Hunde normal, sich hinzusetzen, wenn wir für mehr als einige Sekunden anhielten. Vollkommen egal, ob wir Menschen trafen oder kurz stoppten, bevor wir eine Straße überquerten. Dabei wirkte Anne wie ein Übersetzer zwischen uns und Toni. Sie verstand unglaublich schnell, worum es ging, und generalisierte in kürzester Zeit, was sie tun sollte, während Toni meistens nachmachte, was er gerade bei Anne sah.

Die folgenden zwei Jahre nahm mich die Ausbildung so stark in Anspruch, dass ich meine Arbeitszeit in der Klinik halbieren musste. Somit hatte ich genügend Spielraum, diese ungeheure Menge an Lernstoff zu verinnerlichen und viel mit Toni und Anne auszuprobieren und zu erarbeiten.

Tonis Aggression gegenüber anderen Hunden konnten wir

allmählich umleiten in ruhigeres Verhalten, solange die fremden Hunde ausreichend Abstand hielten. Meistens legte ich bei Hundebegegnungen beide Hunde am Wegrand ab. Blieben sie ruhig, gab es in geringen zeitlichen Abständen immer wieder ein Leckerchen.

Einige Halter verstanden überhaupt nicht, weshalb ihre Hunde nicht zu unserem Rüden durften. Allmählich hingen mir diese nervigen Statements á la „Meiner macht doch nix" oder das zum Klischee gewordene „Meiner will nur spielen" zum Halse heraus. Zunehmend reagierte ich gereizter und genervter auf solche Zeitgenossen. Leider übernahmen auch Anne und Toni diese gereizte Stimmung. Die Hundebegegnungen mit unkontrolliert auf uns zu rennenden Tieren wurden immer unerfreulicher, während die ruhig an uns vorbeigeführten Hunde meistens kein Problem mehr darstellten.

Irgendwann bemerkte ich, dass ich eigentlich nicht nur auf die unbedachten Halter sauer war, sondern ebenso auf mich. Ich forderte die Halter unangeleinter Tiere freundlich auf, ihre Hunde bei sich zu lassen. Und fast immer führte das zu Diskussionen, in denen ich mich nach wenigen Sätzen in einer Rechtfertigungsposition wiederfand. Natürlich war mindestens die Hälfte dieser Personen regelrechte „Experten". Fast keiner von ihnen war in der Lage, seinen Hund auch nur halbwegs sicher zurückzurufen. Aber alle von ihnen hatten innerhalb weniger Sekunden überblickt, wo das Problem bei uns lag.

Mir reichte es. Ich entschied mich, nicht mehr freundlich zu bitten, sondern nur noch klare Ansagen zu machen. Kam mir jemand mit Hund entgegen, bei dem ich das Gefühl hatte, dass der Hund ungebremst zu uns gerannt kommen wird, rief ich mit bestimmtem Ton: „Mach Deinen Hund fest!" Erstaunlicherweise klappte das zu fünfundneunzig Prozent. Damit würde ich sicherlich nicht zum Liebling der Nation gekürt, aber Toni wurde nicht unnötig in sein aggressives Verhalten hineingetrieben. Außerdem, mit so jemand unfreundlichem wie mir, wollte auch niemand mehr herum diskutieren.

Eine dieser Fünf-Prozent-Personen, bei denen auch eine klare Ansage nicht ausreichte, begegnete mir eines Tages im Wald.

Ungefähr fünfzig Meter vor uns bogen plötzlich zwei ausgewachsene Deutsche Boxer um die Ecke. Ich rief Anne und Toni zu mir, leinte sie an und wartete auf den zu den Hunden gehörenden Menschen. Beide Boxer hatten uns gesehen, blieben stehen und sahen interessiert zu uns. Endlich war ihr älteres Frauchen zu sehen. Sie bemerkte uns zwar, ging aber ungerührt weiter. Die beiden Boxer nahmen wieder Fahrt auf und kamen zügig auf uns zu. Also gut: „Machen Sie bitte ihre Hunde fest!" Bei älteren Damen darf das „Bitte" nicht fehlen. Gute Erziehung eben.

„Warum denn?" erklang es kräftiger als erwartet aus dem etwas gebrechlichen Frauenkörper.

„Weil der Kleine sofort zubeißt, wenn ihm fremde Hunde zu nahekommen." antwortete ich mit genervtem Unterton. Schon wieder musste ich mich erklären. Das ging mir wirklich gegen den Strich. Doch die Replik der betagten Mitbürgerin, die mittlerweile stehen geblieben war, hat mich nahezu entwaffnet. „Das macht nichts, wenn meine mal gebissen werden. Damit müssen meine Hunde halt umgehen lernen."

Wahrscheinlich stand mein Mund einige Zentimeter offen. Ich war völlig verblüfft. Das war in so vielerlei Hinsicht dämlich und unverantwortlich. Als ich mich etwas gefangen hatte, sagte ich mit einer Mischung aus Unglauben und unverhohlenem Ärger: „Nimm jetzt Deine Hunde an die Leine!"

Sie zerrte nun mühsam zwei Leinen aus ihrer Hosentasche, brabbelte irgendetwas vor sich hin, leinte dabei beide Boxer an, drehte sich um und verschwand ein paar Sekunden später mit ihren Hunden da, wo sie hergekommen war.

Ungeheuerlich. Hätte die Frau ihre Hunde tatsächlich an Toni herangelassen und dieser hätte sie attackiert, wäre er wieder in sein altes Muster zurückgefallen. Und wieder hätte er die Erfahrung machen können, dass das Beißen eine akzeptable Methode ist, andere Hunde abzuwehren. Wenn die Boxer dieses Verhalten jedoch nicht toleriert und zurückgebissen hätten, wäre er sicherlich unter die Räder gekommen.

Obwohl die beiden großen Hunde weder eine streitsüchtige noch eine unkontrollierbare Ausstrahlung hatten, war es eine unangenehme und nicht vorhersehbare Situation für mich.

Wieder einmal dachte ich darüber nach, ob es wirklich so eine gute Idee ist, dass sich jeder so viele und so große Hunde ins Haus holen kann, wie er will.

Ein Modul der Hundeverhaltenstherapeuten-Ausbildung widmete sich der Ersten Hilfe beim Hund. Chris, die junge Frau, die den Unterricht abhielt, war die Tochter des Dozenten, den ich am ersten Tag der Ausbildung kennengelernt hatte. Wie sich herausstellte, arbeitete sie mit dem Königspudel ihres Vaters und ihrem Magyar Vizsla in einer neurologischen Fachklinik. Dort waren beide Tiere als Therapiehunde im Einsatz. Das fand ich so interessant, dass ich sie in einer Pause daraufhin ansprach. Chris erzählte mir, wie die Therapieeinheiten abliefen. Besonders wichtig war ihr, dass die Hunde nicht überfordert werden und dass sie ausreichend Ruhepausen bekommen. Interessant. Was ich bisher von Therapiehunden wusste, war, dass die Tiere sich einiges gefallen lassen mussten. Dass sie es aushalten müssen, wenn ihnen absichtlich oder unabsichtlich Schmerzen zugefügt werden, ihnen zum Beispiel an der Rute oder den Lefzen gezogen wird. Als sie mir sagte, dass ein solches menschliches Verhalten bei ihr nicht toleriert wird, war ich Feuer und Flamme. Sie bemerkte meine Begeisterung und lud mich ein, einen Tag mit ihr, ihren Hunden und den Patienten zu verbringen.

Zwei Wochen später fuhr ich morgens los, um einen Tag lang an ihrem Arbeitsplatz zu hospitieren.

Gerade als ich mein Auto geparkt hatte, kamen mir Chris und die beiden Therapiehunde Spike und Jimmy aus den hinter der Klinik liegenden Feldern entgegen.

Sie nahm mich mit in den riesigen, lichtdurchfluteten Raum, der für die tiergestützte Therapie genutzt wurde.

„Hier finden heute drei Gruppentherapien und eine Einzeltherapie statt", erklärte sie mir und zeigte dabei auf die zwei mal zwei Meter große Behandlungsbank in der Mitte des Raumes, die in der Nähe stehenden Stühle für die Patienten und auf allerlei Hilfsmittel, wie Rollatoren, Unterarmgehstützen, Gehstöcke, Kegel, Bälle und vieles mehr.

„Die erste Gruppe besteht aus vier Patienten, welche alle

mindestens einen Schlaganfall hatten und noch im Rollstuhl sitzen." Während sie sprach, erschien auch schon der erste Patient, der von einer jungen Mitarbeiterin hereingeschoben wurde. Die Hunde sahen den Mann im Rollstuhl, liefen freudig zu ihm und standen, mit den Schwänzen wedelnd, neben ihm und er streichelte sie abwechselnd mit seiner nicht gelähmten Hand.

„Alle Patienten in dieser Gruppe waren schon mehrfach bei uns in der tiergestützten Therapie und kennen die Regeln im Umgang mit den Hunden", fuhr sie fort. „Bei neuen Patienten brauchen wir am Anfang etwas mehr Zeit, damit sie verstehen, dass die Hunde keine Spielzeuge oder Streichelpüppchen, sondern gleichwertige Therapeuten sind."

Nachdem alle Teilnehmer eingetroffen waren und sich mit ihren Rollstühlen um die große Behandlungsbank aufgestellt hatten, begann Chris mit der Einheit. Zuerst begrüßte sie alle und fragte, ob sich jeder wohl genug fühlt, um an der Therapie teilzunehmen. Alle Patienten stimmten nickend zu. Dann erklärte sie ihnen, dass das Ziel des heutigen Tages der Transfer vom Rollstuhl in den aufgestützten Stand ist. Etwas Unruhe kam auf, da keiner der Patienten bis jetzt selbständig aufgestanden war. Doch Chris beschrieb genau den Ablauf und begann dann mit einigen vorbereitenden Übungen. Dazu holte sie beide Hunde auf die Bank und zeigte ihnen, dass sie sich hinlegen sollten. Die erste Aufgabe für die Patienten bestand darin, mit ihrem betroffenen Arm ein Leckerchen aus einem Becher zu nehmen, um es danach den Hunden mit ausgestrecktem Arm zuzuschieben.

Ich war total verblüfft, mit welcher Freude an dieser Therapiebank gearbeitet wurde. Die Patienten waren mit solch einem Eifer dabei, dass man gar nicht das Gefühl hatte, einer Therapie beizuwohnen. Und so lief es die ganze Stunde hindurch. Die Aufgaben wurden immer schwieriger. Jede Aktion wurde auf verschiedene Art mit den Hunden in Zusammenhang gebracht.

Am Ende der Therapieeinheit hatte jeder Patient mehrfach an der Bank gestanden. Immer gut durch Chris abgesichert, aber sich selbständig erhebend und dann allein stehend.

Ich war wirklich beeindruckt. Es sah so aus, als ob die Teilnehmer einfach alles für die Hunde tun würden. Die unverfälschte

Zuneigung und Freude der Tiere waren offensichtlich eine riesige Triebfeder für die Patienten.

Nach der Einheit hatten die Hunde eine Viertelstunde Zeit, sich hinter dem Klinikgelände auszutoben und zu erleichtern. Danach ging es mit einer Einzeltherapie weiter.

Eine langsam gehende und dabei stark hinkende Frau in den Fünfzigern erschien, die bei einem Verkehrsunfall ein schweres Schädelhirntrauma erlitten hatte und dadurch halbseitig gelähmt und zusätzlich von Sprach- und Gedächtnisstörungen betroffen war. Auch sie war nicht das erste Mal bei der tiergestützten Therapie.

In dieser Stunde ging es hauptsächlich darum, die massiven spastischen Krämpfe in ihrem Arm zu lockern und die schmerzhaft zur Faust geballten Finger zu entspannen. Weiterhin sollte ihre Gedächtnis- und Konzentrationsfähigkeit verbessert werden.

Zunächst legte sich die Patientin in Seitenlage auf die Behandlungsbank, mit der betroffenen Seite nach oben. Unter ihren Kopf und zwischen die Knie bekam sie jeweils ein Kissen und vor ihren Oberkörper legte sich, wie selbstverständlich ausgestreckt, der Großpudel, seinen Rücken an ihren Bauch und Brustkorb schmiegend. Chris setzte sich vor den beiden auf die Bank, nahm den krampfenden Arm der Patientin und legte ihn vorsichtig auf den Hundekörper.

Nach einigen Minuten der Gewöhnung sollte die Patientin versuchen, den Hund zu streicheln. Allmählich begann sich ihr Ellenbogen etwas zu strecken und wieder anzuwinkeln. Nach und nach öffneten sich nun auch ihre Finger, und die anfangs etwas ruckartigen Streichelbewegungen wurden immer feiner und flüssiger. Es war fast nicht zu glauben. Ich hatte schon mit einigen Schädelhirntrauma- und Schlaganfallpatienten gearbeitet. Aber dass eine so stark ausgeprägte Spastizität sich so schnell löst, wenn auch vielleicht nur für die Dauer der Therapie, hatte ich bisher nicht gesehen. Die eben noch vollkommen verkrampften und zur Faust geballten Finger lagen jetzt geöffnet auf dem Körper des Hundes und fuhren vorsichtig und sanft über dessen Fell.

Nach einigen Minuten sollte sich die Patientin an den Rand der Bank setzen. Ein kleiner Rolltisch wurde vor sie geschoben. Dort lagen vierundzwanzig mit jeweils einem Buchstaben bedruckte Plastikrechtecke. Sie bekam den Auftrag, mit ihrer jetzt kaum noch krampfenden Hand, die Buchstaben in Reihenfolge des Alphabets aneinander zu reihen. Nach jeweils fünf richtig angelegten Buchstaben durfte sie, ebenfalls mit der betroffenen Hand, ein Leckerchen aus einer flachen Schale nehmen, welche auf dem Tisch stand, und den Hunden geben.

Während der letzten Minuten der Therapie leinte die Patientin Jimmy an und ging mit ihm, die Leine in der jetzt herabhängenden Hand haltend, im Freien spazieren. Spike lief auf der anderen Seite der Patientin unangeleint mit. Chris und ich begleiteten das Trio. Die Patientin erklärte uns, immer wieder nach den richtigen Wörtern suchend, wie wichtig die tiergestützte Therapie für sie ist. Obwohl sie wusste, dass die Arbeit mit den Hunden therapeutische Zwecke verfolgt, fühlte sie sich den größten Teil der Zeit mit den Hunden als vollwertiger Mensch. Und eben nicht als behinderte Person.

In der letzten Therapieeinheit des Tages, bei der einige Rollstuhlfahrer nacheinander die ersten Gehversuche wagen sollten, passierte etwas Außergewöhnliches.

Als schon alle angemeldeten Teilnehmer anwesend waren und die Therapie beginnen sollte, öffnete sich die Tür und eine junge Pflegerin schob einen weiteren Patienten herein. Ein Mann in den Siebzigern saß vorn übergebeugt in seinem Rolli. Er wirkte niedergeschlagen und sah traurig und desinteressiert vor sich hin. Die junge Frau parkte den Rollstuhl etwas abseits der Gruppe und verriegelte die Bremsen. Sie sprach leise einige Worte zu dem Patienten und ging dann zu Chris und fragte sie, ob der Patient bleiben und bei der Therapie zusehen darf. „In den letzten Tagen hat er alle angebotenen Therapien abgelehnt," sagte sie zu Chris. „Er verlässt kaum noch sein Zimmer und will auch nichts mehr essen," ergänzte sie. Bisher zeigte er keinerlei Einsicht, mit den Physio- oder Ergotherapeuten zu kooperieren. Aufstehversuche aus dem Bett und Rollstuhl lehnte er konsequent ab. Weil auf seinem Nachttisch ein verblassendes Bild eines kleinen Hundes neben dem Bild seiner Familie stand, kam eine

Krankenschwester auf die Idee, dass es ihn vielleicht etwas aufmuntern könnte, wenn er bei der tiergestützten Therapie zusieht.

„Bleibst Du bei dem Patienten, während er uns zuschaut?" fragte Chris. „Natürlich," antwortete die junge Mitarbeiterin. „Wenn es ihm zu viel wird, bringe ich ihn wieder auf die Station zurück." Chris stellte sich dem Patienten kurz vor und wendete sich dann wieder der Gruppe zu. Die Pflegerin zog sich währenddessen einen Stuhl heran, setzte sich neben ihren Patienten und beobachtete mit ihm das Geschehen an der Behandlungsbank.

Die erste Aufgabe der mobileren Patienten der Therapiegruppe war es, einzeln aufzustehen, sich mit der betroffenen Hand ein Leckerchen aus einer weit vor ihnen auf der Behandlungsbank stehenden kleinen Box zu nehmen, einen Hund zu rufen, der auf die Bank springen sollte und ihm das Leckerchen auf der ausgestreckten Hand anzubieten.

Nachdem der zweite Patient diese Aufgabe absolviert hatte, bemerkten wir einige Unruhe im Hintergrund. Der Patient, der als Zuschauer hinzugekommen war, mühte sich unter ächzenden Lauten, mit seinem Rollstuhl, trotz angezogener Bremsen, zu der Gruppe zu kommen. Die Pflegerin schaute fragend zu Chris und diese nickte ihr zu. Nach wenigen Augenblicken stand der Mann mit seinem Rolli an der Bank, zwischen den anderen Patienten. Während Chris ihm die Regeln im Umgang mit den Hunden zu erklären versuchte, hievte sich der ältere Herr blitzschnell aus seinem Rollstuhl, drückte sich mit seinem nicht betroffenen Arm an der Bank hoch und wäre fast gestürzt, wenn nicht Chris und die Pflegerin beherzt eingeschritten wären. Während sie noch versuchten, ihn abzustützen, griff er ohne zu zögern in die Box und hielt dem noch auf der Therapiebank stehenden Spike das Leckerchen hin. Als der Hund es genommen hatte, ließ sich der alte Herr mit Unterstützung der beiden Frauen langsam in seinen Rollstuhl sinken. Er strahlte stolz in die Runde, während große Schweißperlen auf seiner Stirn zu sehen waren. Chris holte beide Hunde an seine Seite, sagte, wie sie hießen und dass er gern an der weiteren Therapie teilnehmen kann. Jedoch nur, wenn Chris oder

die Krankenpflegerin bei ihm sind, um ihn zu unterstützen.
Während sie erzählte, streichelte der Patient mit glückseligem
Gesichtsausdruck abwechselnd beide Hunde. Ich glaube nicht,
dass er ihr zugehört hat. In diesem Moment empfand er sich sicher
nicht als Therapieteilnehmer, sondern einfach nur als jemand, der
glücklich darüber ist, mit zwei Hunden zu knuddeln.
Einige Wochen später erzählte mir Chris, dass dieser Patient seit
diesem Tag alle ihm angebotenen Therapien absolviert hat und
nun schon die ersten kleineren Strecken am Rollator marschiert.

Während der Heimfahrt, versuchte ich einzuordnen, was ich
gerade erlebt hatte. Das Beeindruckendste war, wie ungezwungen
und freudig die Patienten mit Therapeutin und Hunden agierten.
Es gibt sicherlich viele Theorien und Erkenntnisse, weshalb die
tiergestützte Therapie solche Erfolge bei den Patienten ermöglicht.
Mir erschien der Hauptgrund darin zu liegen, dass die Tiere
vollständig frei von menschlichen Wertungen und den damit
einhergehenden Verhaltensweisen kommunizieren.
Normalerweise sehen die Leute einen Menschen mit körperlichen
Einschränkungen und fragen sich, was ihm oder ihr zugestoßen ist,
wie der Alltag mit dieser Behinderung aussehen mag und ob das
irgendwie heilbar ist.
Therapeuten jedoch klassifizieren eher ziemlich schnell, welche
Erkrankung hinter den Einschränkungen stehen könnte, welche
Therapiemaßnahmen sinnvoll wären und wie die Prognose der
jeweiligen Erkrankung sein wird.
Dieses Einschätzen bemerken die Patienten selbstverständlich. Bei
jeder Begegnung mit anderen Menschen bekommen sie somit
unweigerlich ihre Situation gespiegelt.
Tieren jedoch scheint das vollkommen schnuppe zu sein. Und die
Patienten nehmen auch das wahr. Sie fühlen sich von den Hunden
angenommen, so wie sie sind. Weiterhin glaube ich, dass Tiere in
der Therapie etwas leisten, was Therapeuten nicht ohne Weiteres
erbringen können. Nämlich auf Emotionen basierende körperliche
Zuwendungen. Natürlich gibt es Situationen, in denen ein
Therapeut, egal ob in der Pflege, als Physio- oder Ergotherapeut
oder als Arzt, den Patienten in den Arm nimmt, ihn beruhigend

streichelt oder ähnliches. Aber das ist meistens nicht das „Hauptgeschäft" in diesen Tätigkeiten. Zum anderen möchten Patienten selbst gern ihren Emotionen mit körperlicher Zuneigung Ausdruck verleihen. Und genau das können die Tiere erbringen. Sie zeigen direkt und unverfälscht ihr Behagen und ihre Freude, wenn sie mit Liebkosungen bedacht werden.

Aus Sicht des zukünftigen Hundeverhaltenstherapeuten war ich schwer beeindruckt, wie gut die Kommunikation zwischen Chris und ihren Tieren ablief. Wie selbstverständlich absolvierten die Hunde die gerade anstehenden Aufgaben. Ob sie an der Leine neben einem im Rollstuhl sitzenden oder am Rollator gehenden Patienten geführt wurden. Ob sie einfach nur ruhig stehen blieben, während der Patient versuchte, ihnen das Halsband anzulegen, ob sie Gegenstände apportierten bzw. diese vom Patienten entgegennahmen, um sie an einem vorgegebenen Platz abzulegen oder ob sie sich zu den Patienten auf die Behandlungsbank begaben.

Für den Therapeuten ist diese Therapieform eine Herausforderung. Vor allem, wenn er gleich mit zwei Hunden arbeitet. Die Sicherheit für alle Beteiligten muss schließlich immer gewährleistet sein, für Menschen und Hunde. Und ganz „nebenbei" soll auch noch ein akzeptables Therapieergebnis erzielt werden.

Meine Begeisterung war so groß, dass ich mir vornahm, mit Anne die Ausbildung zur Fachkraft für tiergestützte Therapie bei Chris zu absolvieren. Doch vorher mussten wir erst einmal die Prüfungen für die Hundeverhaltenstherapie hinter uns bringen.

Die Prüfungen

In meinem Bekanntenkreis hatte sich herumgesprochen, dass ich bald meine Ausbildung als Verhaltenstherapeut für Hunde abgeschlossen haben würde. Eigentlich hatte ich ja nur damit begonnen, um Toni auf die richtige Spur zu lenken. Aber die ersten Hilfesuchenden meldeten sich und ich begann, auch mit anderen Hunden und ihren Menschen zu arbeiten.

Genau in jenem Jahr, in dem ich meine Ausbildung zum Hundeverhaltenstherapeuten beenden wollte, trat eine Änderung des Tierschutzgesetzes in Kraft. Wer gewerblich Hunde ausbilden oder Menschen anleiten wollte, ihre Hunde auszubilden, musste einen Sachkundenachweis beim zuständigen Veterinäramt erbringen. Um diese Angelegenheit für mich etwas zu vereinfachen, meldete ich mich zu einer Prüfung bei der IHK an. Dort wurde ein zertifizierter, einwöchiger Intensiv-Vorbereitungskurs mit abschließender Prüfung für Hundeverhaltenstherapeuten angeboten. Mit diesem Zertifikat erhoffte ich mir eine vereinfachte Abwicklung beim Veterinäramt. Es kursierten in den Hundetrainer- und -verhaltenstherapeuten-Kreisen die wildesten Geschichten über die Forderungen der verschiedenen Ämter. Da jedes Veterinäramt selbst entscheiden musste und durfte, welche Art von Qualifikation anerkannt wurde oder eben nicht, kam es zu den unterschiedlichsten Anforderungen, die der Antragsteller erbringen musste, sowohl finanziell als auch fachlich.
Diese Genehmigung, sollte man sie erhalten, bezog sich auch nur auf den jeweiligen Kreis, für den das Veterinäramt Verantwortung trug. Wohnte ein Antragsteller beispielsweise an der Grenze eines Landkreises und wollte im drei Kilometer entfernten Nachbarort, der in einem anderen Landkreis liegt, ebenfalls arbeiten, hatte er das Vergnügen, seinen Sachkundenachweis gleich zwei Mal zu erbringen. Nur eben mit anderen Anforderungen und oft auch mit anderen Auflagen.

Sowohl die Prüfungen vom Ausbildungsinstitut wie auch die IHK-Prüfung schloss ich mit guten Ergebnissen ab.

Für mich lief es danach erfreulicherweise ziemlich entspannt ab. Das Veterinäramt des Landkreises, in dem wir wohnten, akzeptierte meine beiden Abschlüsse, stellte aber die Bedingung, bei einer meiner Trainingsgruppen zuzuschauen und erst danach über meine Sachkunde zu entscheiden.

Am Tag der Abnahme rief mich die zuständige Amtstierärztin eine Stunde vor dem geplanten Trainingsbeginn an und unterrichtete mich darüber, dass der von mir angegebene Trainingsort nicht in ihrem Zuständigkeitsbereich liegt und ich deshalb einen Platz innerhalb der Landkreisgrenze finden muss. Da waren sie wieder, die drei Kilometer.

Mir fiel eine Stelle in der Nähe eines Sportplatzes ein, dicht an einem kleinen Wald. Weit genug innerhalb der Landkreisgrenze, aber nicht zu weit entfernt für die sechs Teilnehmerinnen und ihre Tiere. Ich erklärte am Telefon, wo das war, und die Tierärztin gab ihr Einverständnis. Danach versuchte ich sofort, meine Kundinnen zu erreichen, um ihnen die Änderung mitzuteilen. Da sie untereinander Kontakt hatten, waren nach einer halben Stunde alle benachrichtigt. Jedoch bemerkte ich schon am Telefon, dass die Begeisterung über die kurzfristige Änderung nicht besonders groß war.

Als ich am Ersatzort ankam, war die Tierärztin, mit der ich telefoniert hatte, bereits vor Ort. Sie hatte eine Kollegin dabei, die sie unterstützen würde. Nach und nach trafen die Mensch-Hunde-Teams ein und es gab erst einmal ordentlich Gemecker wegen der Kurzfristigkeit der Planänderung. Schon jetzt hatten wir eine Viertelstunde Verspätung. Die beiden Damen vom Amt standen mit steinernen Mienen, ihre Klemmbretter und Stifte gezückt, auf dem Platz. Schließlich begann es auch noch, leicht zu regnen. Ich versuchte die erzürnten Teilnehmerinnen zu besänftigen, doch von der guten Laune, mit der die Gruppe normalerweise das Training begann, war nichts zu spüren. Obwohl wir sowieso schon verspätet beginnen würden, schlug ich vor, dass alle mit ihren Hunden den in der Nähe liegenden Sportplatz umrunden sollten, um die Gemüter etwas abzukühlen. Damit verschob sich zwar der

Beginn nochmals um zehn Minuten, aber so verärgert würden wir sicher keine guten Trainingserfolge erzielen.

Während die Halterinnen mit ihren Hunden davon gingen, erklärte ich den Amtstierärztinnen, dass es noch etwas dauert, bevor es losgehen kann. Bis alle wieder eingetroffen waren, wollte ich den Platz noch schnell auf Nägel und Scherben untersuchen. Ziemlich entspannt und weniger aufgebracht als zuvor, kamen die Menschen und Hunde von ihrer kurzen Tour zurück. Wir konnten beginnen.

Das Training verlief so, wie ich es mir gewünscht hatte. Die Teams zeigten sich von ihrer besten Seite. Die Sonne lugte wieder hinter den Wolken hervor und ich sah aus den Augenwinkeln, wie sich die Tierärztinnen angeregt unterhielten und ab und an in Richtung der Teilnehmerinnen und deren Hunden deuteten. Ob das ein gutes Zeichen war?

Als die Stunde vorbei war, verabschiedete ich mich von der Gruppe, gab ihnen einige Ratschläge und Aufgaben mit auf den Weg und entschuldigte mich, wegen der ungeplanten Beschwernisse am Anfang. Doch der Ärger war verflogen. Alle waren stolz auf sich und ihre Hunde und zogen freundlich gesinnt von dannen.

„Herr Schaper, wir würden gern ein paar Worte mit ihnen wechseln", rief mir die jüngere Tierärztin zu. Mit gemischten Gefühlen ging ich über den Platz, bereit, das Urteil tapfer entgegenzunehmen.

„Um es kurz zu machen, das war die beste Einheit, die wir bisher zu sehen bekommen haben. Ich wäre froh gewesen, so einen Trainer bei meinen Hunden gehabt zu haben." Dabei lächelten mich beide wohlwollend an. „Besonders hat uns gefallen, dass Sie alle vor dem Training kurz weggeschickt haben, um sich zu beruhigen." Ich konnte es kaum fassen. Eigentlich hatte ich befürchtet, dass sie das vielleicht als Rücksichtslosigkeit ihnen und ihrer Zeitplanung gegenüber betrachten würden. So als ob sie meine Gedanken erraten hätte, fuhr sie fort: „Hier geht es allein um die Hunde und um die Qualität der Ausbildung und nicht darum, ob es uns in den Kram passt, wenn es, wie hier, zu

Verzögerungen kommt." Sie pausierte kurz und wechselte einen Blick mit ihrer Kollegin. „Sie haben hiermit den Sachkundenachweis erbracht und wir freuen uns, Ihnen mitteilen zu können, dass sie nun offiziell als Verhaltenstherapeut für Hunde arbeiten dürfen."

Ich war unglaublich erleichtert. Beide verabschiedeten sich freundlich, gingen zu ihrem Auto und fuhren zügig davon. Ich stand eine Weile ruhig in der Abendsonne und atmete ein paar Mal tief durch. Geschafft!

Anne war in der Zwischenzeit eine vierjährige, erwachsene Hündin geworden. Sie begleitete mich bei vielen Gruppen- und Einzelterminen und assistierte mir zuverlässig und sicher. Wir hatten es in der Einzeltherapie oft mit leinenaggressiven Hunden zu tun. Für Anne war das kein Problem. Wenn ich sie hinzuholte, konzentrierte sie sich ausschließlich auf mich und der andere Hund konnte dabei vor Erregung schäumen, wie er wollte. Sie blieb einfach cool und vertraute darauf, dass ich das schon regeln würde.

In den Gruppenstunden legte sie sich auf ihrer Decke ab, beobachtete mich die ganze Zeit und war sofort einsatzbereit, wenn ich ihre Hilfe brauchte, um eine Übung zu erklären oder mit ihr etwas vorzuführen.

Wir genossen beide unsere gemeinsame Arbeit und unser Zusammensein. Nach jeder Therapieeinheit plante ich Spaziergänge mit ihr ein und schätzte jede Minute, die sie an meiner Seite war. Immer wieder war ich fasziniert von ihrer wachen Intelligenz und ihrer Freude an unseren gemeinsamen Aktionen.

Aus Toni, der nun schon zwei Jahre bei uns lebte, war ein äußerst loyales Familienmitglied geworden. Es gab keine Beißvorfälle mehr. Allerdings brauchte er viel Zeit, sich an neue Situationen zu gewöhnen. Hunde und Menschen, die er nicht kannte, waren eine große Herausforderung für ihn. Führte man ihn jedoch allmählich an die unbekannten Situationen und Lebewesen heran, klappte es sehr gut. Wurde er hingegen, aus seiner Sicht, bedrängt, schlug es bei ihm schnell in Aggression um. Für uns hieß das, jeden Besucher, der zu uns kam, dahingehend zu instruieren, dass er Toni und Anne zunächst ignorierte, bis sich der Kleine an die Gegenwart des fremden Menschen gewöhnt hatte. Und selbst dann wollte Toni nicht angefasst oder gestreichelt werden. Aber er akzeptierte die neue Situation, solange er in Ruhe gelassen wurde. Gabi, mir und Anne gegenüber war Toni der reinste Kuschelwurm. Bei jeder sich bietenden Gelegenheit nahm er Körperkontakt zu einem von uns auf. Kontaktliegen als Lebensaufgabe.

Mit meiner neuen Tätigkeit als Hundeverhaltenstherapeut hatte ich so viel zu tun, dass ich meine Arbeitszeiten in der Klinik nicht wieder erhöhte. Außerdem hatte ich ein Angebot einer Schule für Physiotherapie angenommen, einen Tag pro Woche als freier Dozent zu unterrichten. Die Arbeit mit den zukünftigen Physiotherapeuten, von denen die meisten gerade erst ihr Abitur hinter sich gebracht hatten, war unglaublich abwechslungsreich. Sie zu begleiten, während sie einen solch anspruchsvollen Beruf mit so großer Verantwortung erlernten, fand ich wunderbar. Wenn sie am Ende ihrer Ausbildung das Staatsexamen geschafft hatten, platzte ich fast vor Stolz auf meine, mir bis dahin sehr ans Herz gewachsenen Schüler.

Als Anne ein Therapiehund wurde

Am ersten Wochenende der Ausbildung zur Fachkraft für tiergestützte Therapie fuhr ich mit Anne zur Ausbildungseinrichtung, die in der Nähe von Limburg lag. Alle Teilnehmer waren fertig ausgebildete Hundeverhaltenstherapeuten. Einige waren mir schon während der Ausbildung in Viernheim begegnet. Jeder hatte eigene Ideen, wie und wo er mit seinem Hund später arbeiten wollte. Eine Teilnehmerin würde mit ihrem Mischlingsrüden in der Schule arbeiten, in der sie als Pädagogin tätig war. Ein weiterer Teilnehmer wollte später mit seinem Bullterrier straffällig gewordene Jugendliche begleiten. Für Anne stellte ich mir vor, sie im physiotherapeutischen Alltag, vor allem bei der Therapie schwerbehinderter Menschen einzusetzen. Andere Teilnehmer wussten noch nicht genau, wie sie ihr neu erworbenes Wissen einsetzen würden.

Vom ersten Tag an wurde jedem klar, dass hier nicht in erster Linie die Hunde ausgebildet wurden, sondern die Menschen. Das Spektrum der Themen war sehr weit gefächert. Unter anderem die Anatomie und Physiologie, häufige Krankheitsbilder sowie die erste Hilfe bei Hund und Mensch spielten eine große Rolle. Ebenfalls die Hygiene im Therapiealltag, besonders im Hinblick auf Zoonosen, also Erkrankungen, die artübergreifend verlaufen können, vom Hund auf den Menschen und umgekehrt. Und was immer wieder in den Vordergrund trat, war der Schutz des Hundes. Das bezog sich auf den Unfallschutz, z.B. dass die Hundepfötchen nicht unter die Rollstuhl- oder Rollatorräder geraten dürfen oder, dass es nicht zur Überforderung des Hundes kommt. Gar keinen Spielraum sollte es bei übergriffigem Verhalten von Menschen gegenüber dem Hund geben. Drohen, Schreien, Schmerzen zufügen, an der Leine oder dem Halsband zerren werden nicht geduldet.

Eine Teilnehmerin erzählte von einer Veranstaltung eines großen Dienstleisters im medizinischen Bereich. Bei dieser Zusammenkunft ging es darum, Menschen und ihre Hunde dafür zu gewinnen, später als Team in Senioreneinrichtungen zu gehen, um mit den dort lebenden Bewohnern zu arbeiten. Den versammelten Interessenten wurde erklärt, dass es ein Auswahlverfahren für die Hunde gibt, um ihre Eignung zu testen. Dabei werden sie auch vorsätzlich erschreckt und in Situationen gebracht, in denen der ein oder andere Hund vielleicht aggressiv reagieren könnte. Solche Situationen würden im Alltag von Therapiehunden immer mal wieder vorkommen, lautete die Argumentation der Vortragenden.

Als wir das hörten, standen uns die Haare zu Berge. Natürlich ist es wichtig, dass ein Hund, der für solche Zwecke eingesetzt werden soll, eine gewisse Stressresistenz an den Tag legt. Doch von vornherein davon auszugehen, dass Hunde solche Situationen ertragen müssen, ist vom Grundgedanken her vollkommen falsch. Hunde, auch Therapiehunde sind nicht dafür da, menschliche Launen, Fehler und Übergriffe hinzunehmen. Wenn der Hundeführer es nicht schafft, ein Umfeld zu erzeugen, in dem der Hund geschützt und sicher agieren kann, ist das eine ziemliche Katastrophe. Mit jeder weiteren Fehleinschätzung nimmt die Gefahr zu, dass der Hund die beteiligten Menschen oder die Zusammenarbeit mit seinem Halter meidet oder in plötzlich hervorbrechende Aggression gerät.

Für uns als Hundeverhaltenstherapeuten war es selbstverständlich, von unseren Hunden nicht mehr abzuverlangen, als sie momentan zu leisten in der Lage sind. Die langsame Steigerung der Anforderungen ist ein Grundprinzip in der Ausbildung von Hunden. Es macht zudem einen großen Unterschied, ob man dabei auch noch die Verantwortung für einen oder mehrere Menschen trägt, an die sich die Therapie richtet.

Nicht alle Hunde reagieren gelassen auf die vielleicht angsteinflößenden Gegenstände, die im Therapiealltag auftauchen. Die Hunde sollten allmählich an den Umgang mit Hilfsmitteln wie Rollatoren, Rollstühlen, Gehstützen, Infusionsständern und ähnlichem herangeführt werden.

Bei dieser Ausbildung gab es einen großen praktischen Anteil. Jedoch wurde immer darauf geachtet, dass die Hunde ausreichend Pausen bekamen und Zeiten, in denen sie unbeschwert herumtoben oder sich entspannen konnten.

Am Ende der Wochenenden waren Anne und ich ziemlich geschafft. Vollgepumpt mit neuem Wissen und neuen Eindrücken, räumten wir dann das Hotelzimmer und traten die Heimfahrt an.

Nach vielen Monaten der Ausbildung, kurz bevor die Abschlussprüfungen vor der Tür standen, ergab sich für Anne und mich die Chance, mit einer jungen, schwerstbehinderten Frau zu arbeiten. Ich wurde angesprochen, ob es die Möglichkeit gibt, ihre Angst vor großen Hunden abzuschwächen. Ihr Vater hatte eine Frau kennengelernt, die einen großen Hund in die neue Beziehung mitbrachte.

Es gab jedes Mal großes Geschrei und viel Abwehr, wenn der bis dahin unbekannte Hund in ihre Nähe kam.

Die junge Frau saß seit frühester Kindheit im Rollstuhl, konnte nicht sprechen und war motorisch und kognitiv stark eingeschränkt.

Anne zeigte ein unglaublich feines Gespür für die junge Frau. Sie erahnte regelrecht, wie weit ihre Nähe geduldet wurde. Ihre Fähigkeit, auf nonverbale Signale angemessen zu reagieren, selbst wenn sie von Fremden kamen und nicht der „normalen" Mimik und Gestik entsprachen, war enorm.

Innerhalb weniger Wochen war das Hunde-Angst-Problem mit Annes Hilfe aus der Welt geschafft.

Da das so gut funktioniert hatte, beratschlagten wir mit dem Vater und seiner Lebensgefährtin, ob wir nicht weiter machen und an den körperlichen Handicaps arbeiten sollten.

Es ging hauptsächlich um das zielgerichtete Greifen mit der stärker eingeschränkten, kaum im Alltag genutzten linken Hand.

Weiterhin wollten wir uns um das selbständige Aufstehen aus dem Rollstuhl und um das Umsetzen auf die Toilette kümmern.

Anne musste dafür viele neue Übungen erlernen, die ich immer wieder anpasste, damit sie den Bedürfnissen der Patientin entsprachen. Schon wenn wir in die Physiotherapie-Praxis kamen, in der wir einen großen Raum zur Verfügung gestellt bekamen, war Anne fokussiert und äußerst aufmerksam. Übungen, die wir bisher nur zu Hause geübt hatten, setzte sie sofort um, obwohl das gesamte Umfeld und zum Teil auch die Materialien, mit denen sie arbeitete, anders waren als sie durch die vorbereitenden Übungen kannte.

Ich nahm Toni immer zu diesen Therapiesitzungen mit. Er durfte auf seiner Decke liegen, weit entfernt von der Patientin, am anderen Ende des Raumes. Durch seine generelle Abneigung gegenüber fremden Menschen kam ich gar nicht auf die Idee, ihn an die Patientin heranzulassen, obwohl er alle Tricks und Übungen, die Anne kannte, ebenfalls beherrschte. Als ich mich einmal abwandte, um aus einer Materialkiste einen Schaumstoffwürfel herauszukramen, lief er, von mir unbemerkt, schnurstracks zum Rollstuhl, stellte sich auf die Hinterbeine, stützte sich mit seinen Vorderpfötchen an den Oberschenkeln der Patientin ab und ließ sich genüsslich den Kopf von ihr kraulen. Als ich mich ihr zuwendete, glaubte ich meinen Augen kaum zu trauen. Der kleine Aggrowurm hatte sich freiwillig zum Streicheln angeboten. Dabei sah er vollkommen entspannt und froh aus. Seine Rute wedelte fröhlich hin und her. Er reagierte, entgegen seinem bisherigen Verhaltensmuster, unerschrocken und sicher, wenn er sich in der Nähe der Patientin befand. Er suchte regelrecht ihre Nähe.

Na gut. Dann darf er auch an der Therapie teilnehmen. Allerdings achtete ich darauf, dass alle Übungen erst mit Anne durchgeführt wurden, damit sich Toni aus der Ferne an die Abläufe gewöhnen konnte.

Nach zehn Therapieeinheiten hatten wir alle angestrebten Ziele, so gut wie möglich, erreicht.

Anne und Toni hatten sich als zuverlässige Partner bewährt und agierten äußerst souverän in den Therapiesituationen.

Bald darauf legte ich die Prüfungen zur „Fachkraft für tiergestützte Therapie/Intervention" ab und erhielt mein Abschlusszertifikat.

Es meldeten sich immer mehr Hundehalter bei mir, die Hilfe im Zusammenleben mit ihren Tieren benötigten. Ab und an hatte ich es mit Problemen zu tun, bei denen die Verhaltenstherapie allein nicht zu den erwünschten Ergebnissen geführt hätte.

Alfons, ein ungefähr acht Monate alter, äußerst freundlicher Golden Retriever, fiel auf, weil er sich nur schwer beruhigen konnte. Er sprang an allen Menschen, die sich in seiner Nähe aufhielten, hoch und hatte damit schon mehrfach Kinder zu Fall gebracht. Außerhalb des eigenen Grundstücks war er fast nicht zu bändigen. An der Leine zerrte er so stark, dass seine Besitzer eher von ihm durch die Botanik gezogen wurden, als dass sie mit ihm spazieren gingen. Für die Halter waren das anstrengende Touren. Wurde Alfons draußen losgelassen, zeigte er Verhaltensauffälligkeiten, die nur als selbstschädigend eingestuft werden konnten. Er sprang über Gräben, die viel zu breit waren, um sicher auf der anderen Seite anzukommen. Manchmal stürzte er bei solchen Unterfangen. Als ich ihn das erste Mal dabei beobachtete, bemerkte ich, wie er beim Aufsetzten nach weiten Sprüngen, mit beiden Vorderpfoten durchknickte. Manchmal überschlug er sich fast dabei. Das war wirklich gefährlich. Nach solchen Aktionen humpelte er zuerst deutlich sichtbar, begann aber dennoch nach kurzer Zeit, wieder hin und her zu galoppieren. So etwas hatte ich bisher noch nicht gesehen. Mir kam es so vor, als ob der Hund mit seinem Verhalten irgendein körperliches Problem überdecken wollte. Normalerweise schonen sich Hunde bei körperlichen Beeinträchtigungen. Doch wer weiß, was in seinem Körper vorgeht? Es wäre sicher nicht falsch, Alfons tierärztlich untersuchen zu lassen.

Ich gab der Familie einige Tipps, wie sie sein Verhalten bahnen können, empfahl ihnen aber als erstes, einen Tierarzt zu Rate zu ziehen.

Kurz darauf stand fest, dass Alfons, trotz seines jungen Alters, in beiden Ellenbogen hochgradig Arthrose hatte, als Folge einer ausgeprägten Ellenbogendysplasie. Er wurde an beiden Ellenbogen operiert und einige Wochen später, als es ihm besser ging, begannen wir mit der Verhaltenstherapie. Wir brauchten nur wenige Stunden und schon normalisierte sich sein Verhalten. Die Schmerzen waren für ihn jetzt offensichtlich erträglicher und es gab keinen Grund mehr, sich wie verrückt zu gebärden.

Nur einige Tage nach Alfons' letztem Termin meldete sich eine

Familie, deren neunjähriger Deutscher Schäferhund Carlo seit kurzem ungewohnt aggressiv auf andere Hunde reagierte. Selbst bei Tieren, mit denen er bisher keine Probleme hatte und mit denen er seit mehreren Jahren täglich herumgetobt hatte, wehrte er alle Kontaktversuche ab.

Als ich Carlo im Haus der Halter kennenlernte, wirkte er freundlich und ausgeglichen. Außerhalb des Anwesens begann er allerdings jedes Mal zu drohen, wenn sich ein Artgenosse näherte. Das Besondere daran war, dass er körpersprachlich eine Mischung aus Drohen und Rückzugsbereitschaft anzeigte. Nachdem er und wir einige Hundebegegnungen durchgestanden hatten, sah ich, dass er nach jeder Anspannung, die durch den Stress bei den Begegnungen hervorgerufen wurde, sein Gangbild kurzzeitig veränderte. Er ging mit der Hinterhand einige Augenblicke steifer als zuvor. Dann wurden seine Bewegungen allmählich wieder geschmeidiger.

Der Verdacht drängte sich auf, dass Carlo entweder in der Lendenwirbelsäule oder in den Hüften, Schmerzen haben könnte. Für einen älter werdenden Deutschen Schäferhund ist die Vermutung einer Hüftproblematik nicht abwegig. Ich erklärte den Besitzern von Carlo, dass es zuerst einmal wichtig ist, eventuelle gesundheitliche Probleme tierärztlich abklären zu lassen. Sollte sich mein Verdacht nicht bestätigen, könnten wir uns auf die Suche nach anderen Ursachen seines plötzlich aufgetretenen Abwehrverhaltens machen.

Für mich ergab sein Agieren durchaus Sinn. Immer, wenn er mit anderen Hunden herumtobte, von ihnen angerempelt oder zum Spielen animiert wurde, traten vermehrt Schmerzen auf. Indem er die Hunde nun auf Abstand hielt, vermied er auch die dadurch hervorgerufenen Schmerzen.

Am folgenden Abend rief mich die Besitzerin an und sagte, dass beim Röntgen eine beginnende Arthrose in beiden Hüftgelenken zu erkennen war. Noch nicht besonders ausgeprägt, aber damit könnte seine Aggression durchaus zu erklären sein. Er bekam ab sofort geringe Mengen eines Schmerzmittels und seine Ernährung wurde umgestellt. Die Tierärztin empfahl außerdem Physiotherapie.

Nach einer Woche telefonierten wir wieder und die Halterin dankte mir überschwänglich, denn nur zwei Tage nach Beginn der Medikamentengabe verhielt er sich wie früher und war glücklich, wieder mit seinen alten Kumpels spielen zu können.

Diese beiden Beispiele hatten mir gezeigt, dass ich eigentlich noch nicht genügend wusste, um sicher die Ursachen von Verhaltensproblemen bei Hunden einschätzen zu können. Vielleicht wäre es nicht schlecht, mehr über die körperlichen Besonderheiten von Hunden und ihre Krankheitsbilder zu wissen. Nach einiger Überlegung machte ich mich auf die Socken, um nach einer Möglichkeit zu suchen, mich zum Hundephysiotherapeuten ausbilden zu lassen. Ich war sowieso gerade im Fluss, was Ausbildungen anging. Warum nicht gleich noch eine hinterher schieben. Anne und Toni würden sicherlich irgendwann mal, spätestens im fortgeschrittenen Alter, von dem neuen Wissen profitieren können.

In der Nähe von Karlsruhe gab es eine schon lange bestehende Schule für Hundephysiotherapie und -osteopathie. Ich vereinbarte einen Termin und ließ mich über die Ausbildung und Preise unterrichten. Für Humanphysiotherapeuten wurde eine verkürzte Ausbildung angeboten, die bald beginnen würde. Ich meldete mich noch am selben Tag an.

Bis zum Ausbildungsbeginn nahm ich mir die Zeit, um ein ausführliches Konzept für die tiergestützte Therapie zu erarbeiten und stellte es in allen Häusern vor, die zu dem Klinikverbund gehörten, in dem ich tätig war. Außer bei einer neurologischen Chefärztin, stieß meine Idee jedoch auf kühle und bestimmte Ablehnung.

Obwohl ich versuchte, die Einwände, die mir entgegengebracht wurden, zu entkräften, bemerkte ich bald, dass niemand in den Fluren, wo so etwas entschieden wird, Interesse an der tiergestützten Therapie hatte. In meinen Augen verzichtete der Klinikverbund auf eine höchst effektive Therapiemethode.

Ich glaube, meine Vorstellungen und Ideen passten einfach nicht in die Zeit. Denn alles, was nicht unbedingt nötig war, wurde damals abgeschafft: Medizinische Bäder und Kneipp'sche Güsse wurden kaum noch verordnet, notwendige Massagen galten plötzlich als Wellness und Firlefanz, für den die Patienten ja zu Hause selbst bezahlen könnten. Das Personal wurde mies bezahlt und die Arbeitsbelastung nahm stetig zu. Die für die Patienten wichtigen Einzeltherapien wurden gekürzt und dafür mehr Gruppentherapien angeboten. So konnten mit weniger Therapeuten viel mehr Patienten abgefrühstückt werden. Es wurde gar kein Hehl mehr daraus gemacht, dass es eigentlich ums Geldverdienen ging. Die Mitarbeiter stellten hauptsächlich einen unangenehmen Kostenfaktor dar. Die meisten Kollegen gaben ihr Bestes und ließen sich, solange sie es ertragen konnten, auspressen. Die Fluktuation war enorm und die Stimmung in der Belegschaft erreichte ungeahnte Tiefpunkte. Die Namen der Geschäftsführer und ihrer Entourage musste man sich gar nicht erst merken, denn sehr lange blieben sie nicht im Unternehmen. Offensichtlich passte die Idee der bestmöglichen Gesundheitsfürsorge für die Patienten nicht mehr zu den Möglichkeiten, wie das alles sinnvoll finanziert werden kann. Allmählich schien sich das Gesundheitssystem selbst zu erdrosseln.

Es war wirklich schade, dass wir all die Mühe mit der tiergestützten Therapie auf uns genommen hatten und niemand Interesse an dieser tollen Therapieart zeigte.

Doch ich sah die Ausbildung von Anne, Toni und mir nicht als vertane Zeit oder herausgeworfenes Geld an. Schließlich hatten wir unglaublich viel gelernt. Als Persönlichkeiten und als Team hatten wir uns weiterentwickelt und kannten und vertrauten uns mehr als je zuvor.

Anne und ich arbeiteten dann einige Jahre ehrenamtlich in einem Verein mit, der es sich zum Ziel gesetzt hatte, die Ausbildung von Hunden und Menschen auf dem Sektor der tiergestützten Therapie zu standardisieren und das Therapiekonzept bekannter zu machen. Und auch, um eine Grundlage zu schaffen, die die Ausnutzung und Überforderung der eingesetzten Tiere unterbindet.

Oft waren wir mit dem Verein unterwegs, um Interessenten in den verschiedensten Einrichtungen mit Vorträgen und Vorführungen zu demonstrieren, wie sinnvoll und zielführend diese Form der Therapie ist.

Besonders gut kann ich mich an den Tag erinnern, als unser Verein Besuch von einer japanischen Delegation erhielt. Die anwesenden Delegationsmitglieder hatten zwar Erfahrungen in der Hippotherapie, konnten sich jedoch nicht vorstellen, wie Hunde therapeutisch eingesetzt werden könnten. Die Japaner waren erstaunt, dass die Eignung zum Therapiehund offensichtlich nicht rasseabhängig ist. Denn, was sie zu sehen bekamen, ging vom kleinen Malteser, über den auf den ersten Blick etwas schwerfällig wirkenden Berner Sennenhund und allerlei Mischlingen, bis hin zum agilen Schäferhund. Richtiggehend verwundert und entzückt reagierten sie, als ein Mitglied unseres Vereins vorführte, wie sie mit ihrem Chow Chow und ihrem Shiba Inu arbeitet. Für diesen Part stellte sich eine Japanerin als „Patientin" zur Verfügung.

Wir konnten zunächst die begeisterten und verwunderten Ausrufe der freundlichen Asiaten während der nachgestellten Therapieeinheit nicht richtig einordnen. Doch dann erklärte uns die Übersetzerin, dass beide Rassen in Japan als mehr oder weniger unerziehbar und nicht trainierbar galten.

Unsere Hunde verrichteten zuverlässig und mit sichtbarer Freude ihre Arbeit. Jeder Hund hatte seine Stärken und Schwächen. Das Wissen darüber und die gezielte Förderung, mit dem zum jeweiligen Hund passenden Einsatzgebiet, bestimmten über den Erfolg der Therapie und den rücksichtsvollen und sicheren Einsatz des Tieres.

Anne kam leider nur noch selten bei diesen offiziellen Gelegenheiten als Therapiehund zum Einsatz. Ihr fehlte einfach die Routine. Sie reagierte zunehmend gestresst auf die großen Menschengruppen und irgendwann sogar auf die anderen Hunde. Schließlich war das auch nicht das Umfeld, für das sie ausgebildet wurde. Sie arbeitete zwar zuverlässig mit, aber ich sah deutliche Zeichen der Verunsicherung bei ihr. Ich entschloss mich, Anne nicht mehr bei solchen Veranstaltungen einzusetzen. So schwer es mir auch fiel, ihr Wohlergehen stand nun mal an erster Stelle.

Der Tag, an dem ich die Hundephysiotherapie-Ausbildung begann

Aus ganz Deutschland und der Schweiz hatten sich fünfzehn Humanphysiotherapeuten mit ihren Hunden am ersten Tag der Hundephysiotherapie-Ausbildung eingefunden.

Erstaunlicherweise war ich der einzige männliche Teilnehmer. Während der Gespräche mit den Kolleginnen stellte sich heraus, dass fast alle eine Möglichkeit suchten, der Tretmühle ihres immer schwieriger werdenden Berufsalltags wenigstens teilweise zu entkommen. Wir alle mochten unseren Beruf sehr, doch die Verhältnisse, in denen wir arbeiteten, waren für viele nicht mehr hinnehmbar. Somit bot die Hundephysiotherapie eine Möglichkeit, weiter therapeutisch zu können, nur eben unter ganz anderen Bedingungen.

Die Ausbildung war sehr anspruchsvoll. Die einzelnen Module begannen am Montagmorgen und endeten Freitagabend. Danach waren einige Wochen Zeit, um das Gelernte zu verinnerlichen, praktisch zu üben und anzuwenden. Genau wie fast zwanzig Jahre zuvor in der Humanphysio-Ausbildung, floss das neue Wissen fast von allein in mich hinein. Es fühlte sich gar nicht so sehr wie lernen an. Eher so, als ob alles nur seinen richtigen Platz im Gehirn zugewiesen bekommt. Die Dozenten, ganz egal ob es Tierärzte, Hundephysiotherapeuten oder Hundeosteopathen waren, waren äußerst kompetent und hatten unglaublich viel Spaß an ihrer Arbeit. Ich erinnere mich gut daran, als wir in der ersten Stunde der Ausbildung den Ausspruch des Inhabers hörten: „Ihr werdet in Eurem neuen Beruf wahrscheinlich nicht reich werden, aber ihr werdet glücklich sein." Und er hatte recht.

Anne, die an jedem Tag der Ausbildung bei mir war, hatte überhaupt kein Problem damit, sich von den anderen Kursteilnehmern berühren, untersuchen und behandeln zu lassen. Im praktischen Teil arbeiteten wir an großen Behandlungsbänken, welche im theoretischen Unterricht als Tische fungierten.

War ein praktischer Abschnitt vorbei, ließ ich Anne einfach auf der Behandlungsbank liegen. Während ich an der Bank sitzend, so viel wie möglich mitzuschreiben versuchte, lag sie wenige Zentimeter vor mir und nutzte die Gelegenheit für ein erholsames Schläfchen. Ab und zu begann sie, schon nach wenigen Minuten zu schnarchen. Wenn es zu laut wurde und die ersten Kolleginnen Anne amüsierte Blicke zuwarfen, weckte ich sie vorsichtig. Sie hob ihren Kopf, blickte um sich, orientierte sich kurz und legte ihren Kopf, genüsslich vor sich hin schmatzend, wieder ab, um ins Traumland zurückzugleiten. Obwohl meine Konzentration auf die Unterrichtsinhalte gerichtet war, genoss ich jeden Augenblick mit ihr. Das ununterbrochene Zusammensein mit Anne während dieser Zeit empfand ich als großes Geschenk.

Vor dem Unterricht ging ich mit ihr eine Stunde spazieren und wir übten während dessen ein paar Signale, wie „Sitz", „Platz", das Stehsignal auf Entfernung, rechts und links neben mir Fuß zu gehen, hinter mir zu laufen, das Rückrufsignal, ihren Dummy zu apportieren oder Gegenstände zu suchen, die ich versteckt hatte. In den Mittagspausen durfte sie an meiner Seite im nahen gelegenen Wald herumrennen. Als der Unterricht beendet war, gingen wir eine Stunde über Wiesen und Felder, wobei meistens ihre geliebte Frisbee-Scheibe zum Einsatz kam. Zu Hause angekommen, tobte uns Toni entgegen und nach einigem verzückten Hin-und-Her-Gerenne beider Hunde zwischen Gabi und mir, legte sich Anne meistens auf die Couch und verschlief den restlichen Tag.

Die Zeit der Ausbildung flog regelrecht dahin.

Oft blieben einige Kolleginnen und ich nach dem Unterricht noch im Ausbildungsgebäude. Unsere kleinen Lerngruppen brachten zusätzliche Sicherheit im Verstehen und in der Anwendung des neu erworbenen Wissens. Die ungezwungene Atmosphäre, die gleichen Interessen, die uns verbanden und die Nähe unserer Hunde, führten zu einer fast schon familiären Atmosphäre. Manchmal bestellten wir uns etwas zu essen und saßen entspannt zusammen, während wir darüber sprachen, wie wir uns unsere Zukunft als Hundephysiotherapeuten vorstellten. Vorausgesetzt, wir schaffen die Abschlussprüfungen.

Der Donnerstag und Freitag des letzten Moduls waren für die Prüfungen reserviert. Ich hatte drei Wochen Urlaub genommen.

Zwei Wochen vor dem letzten Modul für meine persönliche Prüfungsvorbereitung und eine Woche für das letzte Modul mit den beiden Prüfungstagen.

Schon am Montag der letzten Ausbildungswoche waren alle furchtbar aufgeregt. Während der nächsten Tage steigerte sich die Anspannung so sehr, dass man sie fast greifen konnte.

Ich erinnerte mich zurück, dass ich mir nach meiner ersten großen Fortbildung als Humanphysiotherapeut, der zweijährigen Ausbildung in Manueller Therapie, vorgenommen hatte, nie wieder eine Aus-, Fort- oder Weiterbildung zu absolvieren, die mit Prüfungen abgeschlossen werden muss. Denn der Prüfungsstress war jedes Mal groß. Naja, dieses Vorhaben hatte rückblickend wohl nicht so gut funktioniert.

Die einzige Möglichkeit, diesen Stress etwas abzumildern, war, sich so gut wie nur irgend möglich vorzubereiten und sich nicht in die Angstspirale der anderen hineinziehen zu lassen.

Wir alle schafften die Prüfungen. Am letzten Freitag der Ausbildung saßen wir bei einem Glas Sekt zusammen und waren erleichtert, ein bisschen stolz und sehr glücklich. Alle hatten ihr Bestes gegeben und waren jetzt bereit, neue berufliche Wege zu beschreiten.

Zum Abschied lagen wir uns in den Armen und nahmen wehmütig Abschied voneinander.

Der Tag, an dem wir unsere Praxis eröffneten

Ursprünglich hatte ich die Ausbildung zum Hundephysiotherapeuten begonnen, um besser auf körperliche Auslöser für Verhaltensprobleme bei Hunden reagieren zu können. Aber schon während der ersten Module bemerkte ich, dass mir die Hundephysiotherapie genauso viel Spaß machte, wie die Verhaltenstherapie. Hunde, bei denen ein körperliches Problem vorlag, konnte ich nun auch physiotherapeutisch behandeln. Innerhalb des ersten halben Jahres nach den Prüfungen verschob sich der Schwerpunkt meiner Arbeit schnell in Richtung Hundephysiotherapie. Da ich die Hunde in Ermangelung einer eigenen Praxis bei ihnen zu Hause therapierte, hatte das Therapiespektrum gewisse Grenzen. Bei großen Hunden krabbelte ich während der Behandlungen immer auf dem Boden herum. Auch das Gerätetraining war, in den oft mit Mobiliar vollgestellten Räumen, nicht optimal durchführbar.

Irgendwann überlegten Gabi und ich, ob es nicht an der Zeit ist, eine eigene Praxis zu eröffnen. Wir suchten im näheren Umkreis nach Räumen, die zu unserem Vorhaben passten und fanden ziemlich schnell ein Haus, das wir mieten konnten. Im Erdgeschoss war zuvor eine Physiotherapie-Praxis für Menschen untergebracht. Die darüber liegende Wohnung erschien uns zwar etwas groß, doch die Vorteile der kombinierten Arbeits- und Wohnsituation waren verlockend.

Wir mieteten das, in einem kleinen Ort am Rande des Schwarzwalds stehende, Haus und machten uns an die Arbeit, das gesamte Gebäude zu renovieren. Die Praxisräume tapezierten wir neu und strichen die Wände in freundlichen hellen Farben, kauften für die Praxis eine große, elektrisch höhenverstellbare Behandlungsbank, ein Unterwasser-Laufband, ein Trockenlaufband und Laser- und Elektrotherapiegeräte. Angenehme Sitzgelegenheiten für uns und die Besitzer der zukünftigen Patienten wurden besorgt. Weiterhin Therapiematten, allerlei Materialien für das Gerätetraining, Desinfektionsspender, Bade- und Handtücher sowie Regale, farblich passendes Geschirr und einiges an Bürozubehör.

Vor der Praxis lag ein wild mit Efeu überwucherter Vorgarten, den wir durch einen Landschaftsgärtner in ein wunderschönes kleines Pflanzenparadies verwandeln ließen.

Wie würde wohl die Nachbarschaft in der kleinen, engen Straße darauf reagieren, dass vor unserer Praxis ständig Autos halten werden, aus denen Hunde springen, die vielleicht auch noch aufgeregt bellen?

Als die Praxis fertig renoviert und eingerichtet war, luden wir unsere nächsten Nachbarn aus den umliegenden Häusern zu einer kleinen Eröffnungsfeier ein. Vielleicht könnten wir so schon das ein oder andere Vorurteil abbauen.

Aber offensichtlich hatten wir uns zu viele Sorgen gemacht. Die zu unserer Einweihungsfeier gekommenen Nachbarn standen unserem Vorhaben aufgeschlossen und sehr interessiert gegenüber. Wir führten sie durch die Räume und erklärten, welche Erkrankungen wir behandeln und wie die Therapien aussehen würden. Einige konnten sich nicht vorstellen, dass Hundehalter für ihre Hunde so einen großen, eben auch finanziellen Aufwand auf sich nehmen würden. Und als sie hörten, dass wir in die Praxis bisher mehr als sechzigtausend Euro investiert hatten, verschlug es ihnen glatt die Sprache.

Alle wünschten uns beim Abschied viel Glück und Erfolg.

Wir waren unglaublich erleichtert, dass wir mit so viel Wohlwollen unserer Nachbarn die Arbeit beginnen konnten.

Der Praxisalltag nahm langsam Fahrt auf. Ich arbeitete weiterhin zwei Tage in der Klinik. Einen Tag pro Woche unterrichtete ich zukünftige Human-Physiotherapeuten und der Rest der Woche, inklusive Samstag, stand für die Praxis zur Verfügung. Gabi ließ sich zur Tierheilpraktikerin und Akupunkteurin für Hunde ausbilden, während ich zusätzlich noch die Ausbildung zum Hundeosteopathen absolvierte. So konnten wir unser Angebot erheblich erweitern. Die Möglichkeit, die Hundeverhaltens- mit der Hundephysiotherapie, der Osteopathie und der Tierheilkunde und Akupunktur zu verbinden, eröffnete uns viel mehr Möglichkeiten, den Tieren schneller und effektiver zu helfen.

Wir lernten viele Hunde kennen, die uns sehr ans Herz wuchsen. Einige von ihnen begleiteten wir ihren ganzen weiteren Lebensweg.

Es gab Tage, da kamen wir, ebenso wie die behandelnden Tierärzte, an unsere Grenzen. Besonders schlimm war es, wenn Hunde, die bei uns in Behandlung waren, für immer gehen mussten. Einige Halter informierten uns dann, dass ihr Liebling nun nicht mehr lebt. Viele Hundebesitzer nahmen uns nicht nur als Therapeuten war, sondern auch als anteilnehmende Wegbegleiter ihres Tieres. Manche von ihnen wollten nach dem Tod ihres Hundes noch mit uns sprechen. Wir verabredeten uns dann zu einem Treffen in unserer Praxis, nachdem der letzte Patient des Tages gegangen war. Eine Kerze wurde für die verstorbenen Tiere entzündet und wir saßen mit den Haltern zusammen und sprachen über die Einzigartigkeit dieser Lebewesen und wie sehr sie das Leben ihrer Familien und auch uns beeinflusst und berührt hatten.

So schwer diese Abschiedsgespräche auch waren, wir sahen es als unglaubliches Privileg an, diese Hunde und Menschen, mit ihren großen Herzen und ihrer Zuneigung, kennengelernt und begleitet zu haben.

Eines Tages kam eine junge Frau mit einer Schäferhund-Mischlingshündin zu uns. Die Hündin Mia hatte ständig Durchfall und erbrach sich mehrmals am Tag. Trotz tierärztlicher Behandlung und einer Futterumstellung, kam es zu keiner Verbesserung des Zustandes. Bevor wir den Kunden Vorschläge für die Therapie unterbreiteten, wollten wir so viel wie möglich über die Tiere, ihre Lebensbedingungen und ihre Vorgeschichte wissen. Denn oft waren die aktuellen Symptome nur die Auswirkungen eines ganz anderen Problems.

Die junge Frau erzählte uns, dass sie nicht viel über das Tier wusste. „Mia ist erst seit vier Wochen bei mir. Sie wurde in Rumänien zwölf Jahre als Kettenhund gehalten, war unterversorgt, fast schon verhungert, und wahrscheinlich ist sie von den Besitzern misshandelt worden." Ich sah zu der neben ihrem Stuhl sitzenden Hündin, die sich mit großen Augen ängstlich im Raum umsah. In ihrem Gesicht waren einige Narben zu sehen. Ich setzte mich wenige Meter entfernt vor Mia auf den Boden und hörte weiter zu. „Sie wurde dann von der rumänischen Polizei beschlagnahmt," fuhr die neue Halterin fort, „dem Tierschutz übergeben und etwas später nach Deutschland vermittelt." Sie streichelte der Hündin sanft über den Kopf, während sie weitersprach: „Mia verhält sich im Alltag sehr ruhig und möchte sich eigentlich die ganze Zeit über unsichtbar machen. Besonders schlimm ist es, dass sie fast jede Nacht im Schlaf regelrecht zu schreien beginnt und dann von ihren eigenen Schreien erwacht. Sie braucht dann lange, um sich wieder zu beruhigen." Sie machte eine kurze Pause, während sie besorgt auf die Hündin sah. „Sie hat sich am Anfang nur ungern berühren lassen, hat aber nie aggressiv reagiert, sondern zog sich eher zurück."

Während sie noch erzählte, sah mich die Hündin an. Ich drehte mich etwas zur Seite, um ihr zu verdeutlichen, dass ich keine Gefahr für sie darstellte. Nach anfänglicher Unsicherheit stand sie auf und kam vorsichtig, Schritt für Schritt zu mir herüber. Sie schnüffelte in meine Richtung und setzte sich dann vor mir hin. Vorsichtig begann ich Mia am Hals zu streicheln, während ich weiter mit der Halterin sprach. Die Hündin sah mir einige Sekunden direkt in die Augen, legte sich vor mir hin und beobachtete mich ruhig. Ich war in diesem Moment wirklich sehr gerührt. Davon ausgehend, dass sie in den zwölf Jahren ihres Lebens nicht viel Zuwendung von Menschen bekommen hatte, war ihr Verhalten ungewöhnlich freundlich. Da lag dieses misshandelte Tier vor mir, herausgerissen aus seiner bekannten Welt. Und trotzdem schien sie bereit zu sein, sich von einem fremden Menschen berühren zu lassen.

Während meines sich immer mehr auf ihren Körper ausdehnenden Streichelns legte sich Mia auf die Seite. Jetzt konnte ich vorsichtig ihren abgemagerten und mit Narben gezeichneten Körper abtasten, um mir ein besseres Bild von ihrem Zustand machen zu können.

Die Muskulatur war nur schwach ausgeprägt und das Fell war stumpf und ungleichmäßig dick. Die Gelenke waren alle gut beweglich. Jedoch die Bauchwand- und Lendenwirbelsäulen-

Muskulatur war sehr verhärtet. Zuletzt hob ich vorsichtig ihre Lefzen an. Einige Zähne waren abgebrochen und das Zahnfleisch stark entzündet. Ich vermutete, dass sie viel auf ihrer Kette herum gebissen hatte und dabei die meisten Zahnschäden entstanden sind.

Gabi und ich beratschlagten mit der Halterin, wie es weiter gehen sollte.

Zuerst müsste der Hund einem Tierarzt vorgestellt werden, um die Zähne behandeln zu lassen. Es lag nahe, dass das Tier Schmerzen haben musste.

Weiterhin wollten wir uns den Verdauungsproblemen widmen. Ich hatte den Eindruck, dass die Magen-Darm-Probleme, ein Symptom tiefer Ängste sein könnten. Durch Angst ausgelöster Dauerstress ist weder für Menschen noch für Tiere förderlich. Das nächtliche Schreien schien mir ebenfalls ein Punkt zu sein, der genau darauf hinwies. Wir schlugen der jungen Frau vor, mit homöopathischer Unterstützung und Quantenheilung den allmählichen Angstabbau einzuleiten.

Ich hatte ein halbes Jahr zuvor aus reiner Neugier an einem mehrtägigen Kurs zum Thema Quantenheilung teilgenommen. Ehrlich gesagt war ich bis dahin nicht besonders überzeugt von dieser Therapieform. Die Theorie dahinter erschien mir etwas weit hergeholt. Doch bei diesem Tier wäre es, wenn es funktioniert, eine sanfte Möglichkeit, Veränderungen herbeizuführen. Sollte es nicht klappen, wird kein Schaden angerichtet. Einen Versuch ist es wert.

In der Zeit, in der wir mit der Halterin sprachen, war Mia eingeschlafen. Ich rutschte etwas um die schlafende Hündin herum, legte eine Hand auf ihren Kopf und die andere Hand auf ihren Brustkorb. Ich konzentrierte mich für einen Augenblick. Genau in dem Moment, als der Energiestrom einsetzte, hörte die Hündin auf, zu atmen. Nach fast zehn Sekunden, in denen keinerlei Atmung zu erkennen war, nahm sie plötzlich einen langen und tiefen Atemzug und öffnete langsam ihre Augen. Sie sah zu ihrem Frauchen, wedelte leicht mit ihrer Rutenspitze, stand vorsichtig auf und ging zu ihr hinüber.

Zwei Tage nach diesem Termin, rief uns die Halterin an und erzähle uns erleichtert, dass der Durchfall und das Erbrechen verschwunden waren und die Hündin nachts nicht mehr schreiend erwachte. Ein Termin beim Tierarzt für die Zahnbehandlung stand schon fest.

Auch heute, viele Jahre später, denke ich mit großer Rührung an die Begegnung mit diesem wunderbaren Wesen zurück. Ich hoffe sehr, dass ihre verbliebenen Lebensjahre mit Sicherheit, Zuneigung und Liebe angefüllt waren.

Der Tag, an dem ich Dozent für Hundephysiotherapie wurde

Kurz nachdem wir die Praxis eröffnet hatten, bekam ich das Angebot von meiner ehemaligen Hundephysiotherapie-Ausbildungsstätte, dort als Dozent arbeiten zu können.

Zwei Tage im Monat würde ich die Fächer Gerätetraining, Elektro- und Lasertherapie, Manuelle Therapie und Unterwasserlaufband-training für zukünftige Hundephysiotherapeuten unterrichten.

Ich empfand es als Ehre, mit diesen kompetenten, freundlichen und großzügigen Besitzern des Ausbildungszentrums arbeiten zu dürfen.

Jeder Tag, an dem ich dort unterrichtete, war eine Bereicherung. Die entspannte Arbeitsatmosphäre und der große Wissensdurst der hundebegeisterten Teilnehmer waren für mich die Motivation, mein Bestes zu geben.

Viele meiner Schüler blieben noch Jahre nach ihrem Abschluss mit mir in Kontakt.

Einige Monate später gründete sich in Hessen die Akademie für tiertherapeutische Berufe, in der hauptsächlich Hundeverhaltenstherapeuten, Dogwalker und Hundetrainer ausgebildet werden sollten. Die beiden Eigentümerinnen, die selbst Hundeverhaltenstherapeutinnen waren, fragten bei mir an, ob ich an ihrem Institut den Ausbildungszweig für Hundephysiotherapeuten unterrichten würde.

Ich bekäme vollkommen freie Hand in der Planung und Konzeption der Unterrichtsinhalte.

Das war ein tolles Angebot. Es würde zwar sehr viel Arbeit, vor allem in der Vorbereitung, bedeuten. Aber ich könnte ein Ausbildungskonzept erarbeiten, welches meinen Vorstellungen entsprach. Sowohl in der Human- wie auch in der Hundephysiotherapie wurden einzelne Fachgebiete wie Manuelle Therapie, Anatomie, Physiologie, Pathologie usw. in sich abgeschlossen unterrichtet. Meine Idee war es, die Fachgebiete so zu unterrichten, dass nicht erst später in der Ausbildung das erworbene Wissen miteinander verknüpft wird, sondern schon von Anfang an alles gerade Erlernte sofort ineinandergreifen kann.

Weiterhin plante ich, zu den jeweiligen Krankheitsbildern, die wir gerade behandelt hatten, Patienten einzuladen, damit die Teilnehmer sofort anwenden könnten, was sie gerade gelernt hatten.

Nach einem dreiviertel Jahr Vorbereitung gingen zwei Kurse an den Start. Einer in Hessen für Teilnehmer ohne medizinische Vorkenntnisse und ein verkürzter Kurs für Humanphysiotherapeuten. Dieser fand in Baden-Württemberg, in unserer Praxis statt. Gerade bei den Kursen ohne medizinische Vorkenntnisse fand ich es bemerkenswert, wie schnell die Teilnehmer das Wissen aufsaugten. Am Ende ihrer Ausbildung standen sie den Prüflingen aus dem verkürzten Kurs, die ja schon ein gewaltiges medizinisches Vorwissen mitbrachten, fachlich in nichts nach.

Es war ein unbeschreiblich erhebendes Gefühl, während der Abschlussprüfungen zu sehen, dass sich da kluge, fachlich kompetente und einfühlsame Therapeuten auf den Weg begeben würden, die Welt der Hunde mit ihrem Wissen und Können lebenswerter und schmerzfreier zu gestalten.

Mittlerweile war der zeitliche Aufwand für die Praxis und die Kurse so groß geworden, dass ich mein Angestelltenverhältnis in der Klinik beendete, um mich hauptsächlich Hunden zu widmen. Nur meine Dozententätigkeit an der Schule für Human-Physiotherapeuten behielt ich bei.

In den kommenden Jahren drehte sich privat und beruflich fast alles nur noch um Hunde. Ich hatte meine Berufung gefunden. Zum Teil arbeiteten Gabi und ich sieben Tage in der Woche. Und dennoch machte es großen Spaß. Wir hatten überhaupt nicht das Gefühl, uns zu überfordern. Die Abwechslung war groß und jeder Tag brachte unerwartete Herausforderungen und Überraschungen mit sich.

So meldete sich eines Tages Uwe, der Halter einer acht Monate alten Hündin bei uns. Lotta, das kleine Dackelmädchen, hatte einen schweren Bandscheibenvorfall erlitten, musste notoperiert werden und brauchte jetzt dringend Hundephysiotherapie. Als sie das erste Mal bei uns erschien, sahen wir, in welch beklagenswerten Zustand sie war. Sobald sie auf den Boden gesetzt wurde, wetzte sie mit reinem Vorderradantrieb durch die Praxis. Beide Hinterbeinchen waren fast vollständig gelähmt. Wenn sie Kurven lief, schleuderte ihr gelähmtes Hinterteil hin und her. Das kleine Dackelchen verlor auf Schritt und Tritt Urin und konnte auch nicht mehr sicher seine Darmausscheidungen steuern. Und dennoch war sie ein regelrechter Sonnenschein. Wir liebten sie von der ersten Sekunde an. Lottas Besitzer machte sich große Sorgen, ob die Kleine jemals wieder laufen können wird. Seine sanfte, freundliche und zurückhaltende Art nahmen uns für ihn ein. Da er selbst Physiotherapeut für Menschen war, verstand er sehr schnell, wie er zu Hause mit ihr umgehen und trainieren konnte.

In den nächsten Wochen brachten wir die aufgeweckte kleine Dackelhündin gemeinsam wieder auf die Beine. Jeder Tag, an dem Lotta und Uwe in unsere Praxis kamen, war ein besonderer Tag. Wir hatten die Beiden ins Herz geschlossen. Bei jedem Termin schoss die Kleine zunächst, wie angestochen in der Praxis umher und wir brauchten einige Minuten, bis wir ihre und unsere Wiedersehensfreude in den Griff bekamen.

Auch Uwes Rüden Mati lernten wir kennen. Ein großer weißer, zehnjähriger Rüde, der eine unglaubliche Ruhe und Weisheit ausstrahlte. Er hatte eine rasch fortschreitende Krebserkrankung der Lymphknoten. Bekam er Chemotherapie, bildeten sich die Tumore zwar zurück. Doch die Nebenwirkungen waren heftig, denn ihm war immerzu übel und er wirkte sehr abgeschlagen. Wurden die Medikamente wieder abgesetzt, fühlte er sich offensichtlich wohler. Aber die Tumore wuchsen dafür umso schneller.

Mati begleiteten wir so gut wir konnten bis zu seinem Ende. Ein sanfter Riese, an den wir heute noch voller Wärme denken und dessen Tod uns sehr traurig machte.

An den noch freien Wochenenden boten wir, über das Jahr verteilt, Workshops wie „Nonverbale Kommunikation", „Rückrufsignal", „Das Ausdrucksverhalten des Hundes" und „Dummytraining" an. Anne und Toni waren mittlerweile professionelle Begleiter und

„Vorführhunde" geworden. Die Möglichkeit, mit beiden Hunden zugleich zu demonstrieren, wie die Kommunikation und Zusammenarbeit zwischen Menschen und Hunden aussehen kann, trotz ihrer unterschiedlichen Veranlagungen, war eine große Hilfe während der Workshops. Gerade für Hundebesitzer, die „schwierige" Vierbeiner in ihrer Familie hatten und die oft verzweifelt waren und jede Zuversicht verloren hatten, dass sich das Zusammenleben normalisieren könnte, schöpften Mut, als sie die Geschichte unserer Hunde hörten und sahen, was mit Geduld und Verständnis möglich ist.

Der Tag, an dem wir uns entschieden, Deutschland zu verlassen

Anfang 2020 änderte sich der Alltag für alle abrupt. Auch für uns. Zunächst mussten wir auf Anweisung der Gemeinde unsere Praxis für einige Zeit schließen. Während dieser Zeit durften wir nicht einmal Notfälle behandeln. Als wir wieder öffnen konnten, brach zunächst die Anzahl unserer Patienten massiv ein. Doch allmählich normalisierte sich das wieder. Trotzdem ging die Zahl unserer Patienten bis Ende des Jahres immer mehr zurück. Die Menschen wurden durch die Geschehnisse verängstigt und wir spürten, wie erschöpft viele unserer Kunden waren.

Die von Medien und Politik vorangetriebene Spaltung war nun auch im Alltag angekommen. Jeder, der eine abweichende Meinung zu den offiziell ausgegebenen Parolen hatte, wurde mit abschätzigen Etiketten versehen. Mit Entsetzen sahen wir, wie der öffentliche Raum regelrecht gleichgeschaltet wurde.
Das erinnerte mich an die Geschichte einer Kollegin, die ich vor einigen Jahren bei einer Fortbildung kennengelernt hatte. Was sie mir damals erzählte, konnte ich fast nicht glauben. In ihrer Familie lebten zwei Hunde, ein Staffordshire-Terrier und ein Pitbull. Beide Hunde arbeiteten mit ihr fast täglich auf ihrem Hundeplatz. Eines der Tiere war als Rettungshund zum Suchen von vermissten Menschen ausgebildet und eingesetzt worden. In dem Ort, in dem sie lebte, waren sie als Trio beliebt. Ging sie mit ihren Hunden spazieren, nutzten viele Bekannte die Gelegenheit, bei einem kleinen Plausch die Hunde zu streicheln und sie ausgiebig zu knuddeln. Doch plötzlich änderte sich die Stimmung. Zu dieser Zeit berichteten die Medien oft reißerisch und hysterisch darüber, dass es mit Hunden dieser Rassen zu Beißvorfällen gekommen ist. Auf einen Schlag wurden diese Hunde durchgängig als äußerst gefährliche Kampfhunde dargestellt. Die gleichen Personen, die noch kurz zuvor unbefangen mit den freundlichen Tieren der Kollegin Kontakt hatten, wechselten nun die Straßenseite, wenn die drei auf sie zukamen, und manche beschimpften die Besitzerin und deren Hunde aus sicherer Entfernung. Ich kann mich gut erinnern, wie verletzt, enttäuscht und traurig sie mir darüber

berichtete. Sie konnte nicht verstehen, dass Menschen so böse und hasserfüllt reagierten. Vor allem, da es ausnahmslos die gleichen Personen waren, die bis vor Kurzem gar kein Problem mit ihren freundlichen und vollkommen harmlosen Tieren hatten.

Das gleiche Prinzip erkannte ich jetzt wieder. Einige Patientenbesitzer, welche uns seit Jahren kannten, glaubten, was sie in den Zeitungen lasen und im Fernsehen sahen. Durch unsere etwas differenzierte Meinung zu den aktuellen Geschehnissen, waren wir plötzlich nicht mehr die Therapeuten, die sich hingebungsvoll um ihre Tiere kümmerten. Nun waren wir gefährliche Individuen, denen man alles zutrauen musste und die außerdem noch medial zum Abschuss freigegeben wurden. Was für eine bittere Erfahrung.

In der Schule für Human-Physiotherapeuten wurden die angeordneten Maßnahmen immer absurder und widersprüchlicher. Die jungen Menschen saßen stundenlang, trotz sperrangelweit geöffneter Fenster, mit von ihrer Atemluft durchnässten Masken im Unterrichtsraum. Welch famoser Nährboden für Bakterien, Viren und Pilze. Einige von ihnen hatten solche Probleme mit der Atmung, dass sie mit knallroten Gesichtern an ihren Tischen saßen. Andere hatten große Mühe, durch die verminderte Sauerstoffzufuhr nicht ständig einzuschlafen.
Als zusätzlich regelmäßige medizinische Tests angeordnet wurden, fragte ich bei der Schulleitung nach, ob die getesteten Schüler jetzt die Masken ablegen könnten. Aber nein. Obwohl sie gezwungen wurden, nachzuweisen, dass sie keine gefürchteten Keime übertragen, mussten sie weiterhin die Masken tragen. Das war in meinen Augen nicht zu verantworten. Mir reichte es. Ich beendete meine Mitarbeit in dieser Schule.

Gleichzeitig teilte mir die Einrichtung, an der ich selbst meine Ausbildung zum Hundephysiotherapeut absolviert hatte, mit, dass alle Dozenten freigestellt wurden, da nicht klar war, ob und wie viele Kurse weiterhin im Präsenzunterricht stattfinden werden.

An der Akademie in Hessen liefen meine Hundephysiotherapie-Kurse weiter. Die baulichen Bedingungen waren ideal für diese Zeiten. Die Räume waren groß genug, so dass sich alle weit genug voneinander weg aufhalten konnten.

Der Kurs, der in unserer Praxis stattfand, wurde von der Gemeinde mit einigen zum Teil sehr praxisfernen Auflagen genehmigt. Doch immerhin konnten wir weiter machen. Die Module im Winter hielt ich nicht mehr als Präsenzunterricht, sondern online ab. Das warf zwar das gesamte Ausbildungskonzept über den Haufen, aber den Teilnehmern war bewusst, dass wir kaum eine andere Wahl hatten.

Unsere Workshops, die wir für Hundehalter über die Praxis anboten, mussten wir immer wieder verschieben und absagen. Ständig änderten sich die angeordneten Maßnahmen, so dass eine längerfristige Planung unmöglich wurde.

Allmählich begann es, für uns finanziell schwierig zu werden. Unsere Rücklagen schmolzen dahin und es war nicht absehbar, ob sich die Verhältnisse wieder normalisieren werden, ob es für die nächsten Jahre so bleiben oder noch schlimmer werden wird. Anfang 2022 waren wir an einem Punkt angekommen, an dem wir uns entschieden, dass wir so nicht weiter machen konnten. Wir überlegten lange, was wir tun sollen und entschlossen uns, Deutschland für eine Weile in Richtung Schweden zu verlassen.

Zwei meiner Hundephysio-Kurse würden im September 2022 enden. Damit die Teilnehmer kurz vor dem Ende ihrer Ausbildungen keinem Dozentenwechsel ausgesetzt werden, planten wir, erst im Oktober nach Schweden zu ziehen. Für den gerade gestarteten Kurs, dessen Ende erst 2023 erreicht sein wird, kümmerte ich mich um eine Nachfolgerin.

Gabi suchte sich einen Homeoffice-Job, denn unser Einkommen reichte durch die Praxis nicht mehr aus, schon gar nicht für zwei Personen.

Das Frühjahr 2022 brach an und wir begannen mit unseren Umzugsvorbereitungen. Da wir beschlossen hatten, nur das Allernötigste mit nach Schweden zu nehmen, musste einiges geregelt werden. Der Fokus lag jetzt darauf, alles Stück für Stück zu verkaufen und trotzdem die Praxis so lange wie möglich am Laufen zu halten. Wir hatten Patienten, die schon jahrelang bei uns waren. Deren Besitzer sollten ausreichend Zeit bekommen, sich neue Therapeuten suchen zu können.

Es war ein merkwürdiger Abschnitt in unserem Leben. Einerseits nahm uns unsere Entscheidung erheblich den Druck aus unserem Alltag. Andererseits erfüllte es uns mit großer Traurigkeit, bald nicht mehr für unsere Patienten da sein zu können.
Es schien in unserem Leben kaum noch Konstanten zu geben. Das Einzige, was sich nicht veränderte, war die Nähe zu unseren Hunden und deren Vertrauen und Zuneigung zu uns. Das war unter diesen Umständen unglaublich beruhigend und wir waren froh, dass die beiden Tiere bei uns waren.
Es wurde Sommer und wir nahmen uns sehr viel Zeit für Anne und Toni. Das Zusammensein mit ihnen erdete uns und holte immer wieder den Stress aus unserem chaotisch gewordenen Alltag heraus.

Die Erhebung

Bei einem unserer langen Spaziergänge im Wald sagte Gabi plötzlich: „Ich habe an Annes Zahnfleisch vorhin eine kleine Erhebung entdeckt." Mein erster Gedanke war: Vielleicht hat sie sich beim Holzkauen verletzt, denn Anne schnappte sich oft Äste und zerschredderte sie in Null Komma Nix.
„Wie fühlt es sich denn an?" fragte ich. „Schwer zu sagen." antwortete Gabi. „Von der Konsistenz eher hart und unverschieblich."
Eine Woche später schien sich die kleine Beule in Annes hinterem Unterkieferbereich etwas vergrößert zu haben. Nun fühlte sich die Erhebung wie ein fester Gallertkern an. Wiederum einige Tage danach war die Stelle hart, wie zur Zeit der Entdeckung.
„Ok," sagte Gabi „das ist nicht normal. Ich rufe bei der Tierärztin an und lasse sie das mal anschauen."
Vier Tage später war der Termin. Gabi ging mit Anne in die Praxis. Nach der Untersuchung kam sie mit einem OP-Termin zurück.
„Die Ärztin sagte, dass es zwei Möglichkeiten gibt. Erstens: es ist ein Epulid. Das ist ein gutartiger Prozess, bei dem nach der Entfernung so etwas durchaus auch wiederkommen kann. Aber dramatisch wäre das nicht." erklärte sie. „Die zweite Möglichkeit wäre ein vielleicht sogar maligner, also bösartiger Prozess. Was es nun genau ist, kann aber nur die Entfernung der Schwellung mit nachfolgender Histologie ergeben. Das dauert nach der OP nochmals zwei bis drei Wochen, bevor der Befund da ist." In frühestens drei Wochen wissen wir dann also, worum es sich handelt. Wir waren etwas beunruhigt, aber andererseits erschien uns Anne körperlich robust. Trotz ihrer zwölf Jahre und ihrer grauen Schnute, rannte und tobte sie, als ob sie noch ein Junghund ist. Sie trug seit einigen Monaten den Kopf geringfügig tiefer, aber das schoben wir auf ihr zunehmendes Alter.
„Bevor wir uns jetzt verrückt machen" sagte ich „warten wir erst einmal ab, was die OP und der Gewebebefund hervorbringen." Aber ein mulmiges Gefühl brodelte im Hintergrund.

Der Tag, an dem Anne operiert wurde

Wir fuhren am Tag der OP zur Tierärztin und während Gabi mit Anne in die Praxis ging, warteten Toni und ich im Auto. Nach einer halben Stunde kam Gabi wieder hinaus und sagte, dass wir gerufen werden, wenn Anne fertig ist. Gabi kann dann zum Aufwachen bei Anne bleiben, bis sie wieder sicher auf den Beinen stehen und gehen kann.

Es war sehr warm an diesem Tag. Wir standen auf dem großen Parkplatz und beobachteten die anderen Tierhalter, die mit ihren Hunden oder Katzen in die Praxis gingen und wieder herauskamen. So viele Menschen, die mit ihren Tieren zusammenleben und alles dafür tun, dass es ihren Lieblingen gut geht.

Nach einer Stunde durfte Gabi zu Anne, die allmählich aus der Narkose aufwachte. Ich wartete weiter mit Toni vor der Praxis. Ab und an ging ich mit ihm auf dem Parkplatz ein paar Schritte, bot ihm Wasser an und ließ ihn an den Hecken schnüffeln. Überall musste er verdeutlichen, dass der Laden ab jetzt ihm gehört.

Nach mindestens nochmals einer Stunde kam Gabi mit Anne aus der Praxis. Anne freute sich wie verrückt, uns zu sehen. Sie war noch etwas wacklig auf den Beinen und wir hoben sie vorsichtig ins Auto. Sofort verbreitete sich im Fahrzeug der Geruch nach Desinfektions- und Narkosemittel.

Zu Hause angekommen, gingen wir zuerst in den Garten, damit sich Anne erleichtern konnte. Dann brachten wir sie auf eine extra vorbereitete frisch gewaschene Decke vor der Couch. Hier konnte sie in Ruhe ihren Rausch ausschlafen. Sie schlief auch sofort ein. Bevor wir zu Bett gingen, weckten wir sie vorsichtig und ließen sie im Garten ihr Geschäft machen.

Wieder im Haus angekommen, dämmerte sie gleich wieder weg.

Sie bekam für die nächsten Tage entzündungs- und schmerzhemmende Mittel. Fressen durfte sie vorerst nur weiche Nahrung.

Am folgenden Tag benahm sich Anne wieder ganz normal. Sie schleckte viel und versuchte immer wieder zu gähnen, was sie dann aber rasch abbrach. Der Alltag nahm wieder Fahrt auf.

Zwei Tage nach der OP schauten wir uns das OP-Gebiet an und sahen mit Schrecken, wie groß der Bereich war. Das Zahnfleisch war einige Millimeter tief entfernt worden und die Breite und Höhe der Gewebeentfernung war beträchtlich. Doch wir waren zuversichtlich, dass alles wieder gut verheilen würde und Anne damit alles gut überstanden hat.

Im Laufe der nächsten Tage schauten wir immer wieder nach der OP-Wunde und stellten fest, dass die Heilung extrem langsam vor sich ging. Die Wunde schloss sich nicht.

Der Tag, an dem Annes Befund kam

An einem Freitagnachmittag, genau drei Wochen nach der OP, waren wir mit den Hunden im Wald unterwegs. Gabis Telefon klingelte. Die Tierarztpraxis hatte die Ergebnisse des histologischen Befundes erhalten. Ich sah, wie Gabi während des Telefonats immer ruhiger und blasser wurde. Nach vielen Minuten war das Gespräch beendet und ich fragte sie: „Ist es nichts Gutartiges?" Sie schüttelte den Kopf und sagte: „Die Ärztin hat gesagt, es ist ein malignes Melanom." Ich hörte es zwar und verstand, was sie da sagte, aber mein Verstand schlug gerade Purzelbäume. Sie redete weiter: „Es gibt jetzt mehrere Möglichkeiten. Nochmal nachschneiden lassen, um eventuell verbliebenes Tumorgewebe zu entfernen. Dadurch wird allerdings die sowieso nicht verheilende Wunde noch größer. Oder eine Chemotherapie. Oder eine Strahlentherapie kombiniert mit einem neuen, noch wenig erforschten Medikament." Sie schluckte schwer. Als sie weitersprach, liefen ihr schon Tränen übers Gesicht. „Wenn wir sie nicht behandeln lassen, wird innerhalb kürzester Zeit der Tumor in Gehirn, Lunge oder Leber streuen. Laut der Tierärztin hat Anne ohne Chemo- bzw. Bestrahlung eine durchschnittliche Lebenserwartung von ungefähr zweieinhalb Monaten, von denen jetzt schon drei Wochen vergangen sind" Das hat gesessen. Wir schauten beide zu Anne, die gerade am Wegrand saß und sich genüsslich mit der Hinterpfote am Ohr kratzte. Das gibt es doch gar nicht. Da sitzt unsere Hündin quietschvergnügt im Wald und soll in spätestens acht Wochen sterben, wenn wir sie nicht mit einer Chemo- oder Strahlentherapie behandeln lassen? Wir liefen langsam weiter und waren beide sprachlos und geschockt. Die Angst begann nach unseren Herzen zu greifen. Das hieße ja, lassen wir sie nicht behandeln, wird Anne nicht mit uns nach Schweden umziehen, da das Umzugsdatum schon in knapp drei Monaten war. Unvorstellbar. Einfach unvorstellbar.

Wir gingen nach Hause und begannen, so viel wie möglich in Erfahrung zu bringen, was sich zu diesem Thema finden ließ. Wir waren erschrocken zu lesen, dass mehr als vierzig Prozent aller Hunde an Krebserkrankungen versterben. Davon sind rund sechs Prozent orale Tumore, von denen wiederum vierzig Prozent maligne Melanome darstellen.

In der Zeit unserer Praxistätigkeit hatten wir einige Hunde auf ihrem letzten Weg begleitet und die Halter, so gut es ging, bei ihren Entscheidungen unterstützt. Jetzt waren wir selbst in dieser Situation. Und wir bemerkten, dass uns unser ganzes fachliches Wissen nur wenig half, denn die Konfrontation mit der emotionalen Belastung war etwas ganz anderes.

Der Tag des Entschlusses gegen Chemo- und Strahlentherapie

Wir lasen alles, was wir zu den einzelnen Therapieformen finden konnten und uns wurde allmählich klar, dass wir viele dieser Informationen nicht einfach auf Annes Situation übertragen konnten. Es gab zu viele Wenn und Aber.

Zuerst einmal mussten wir uns entscheiden, wie weit wir bei der Therapie gehen würden. Konnten wir wirklich garantieren, dass wir jederzeit Annes Wohl im Auge behielten? Oder konnte es auch sein, dass wir ihr Therapien zumuteten, die ihre restliche Lebenszeit verschlimmerten? Geht es um ihr Wohl oder um unsere Angst davor, dass sie stirbt?

Was ist, wenn wir ihr Schmerz und Stress durch Therapiemaßnahmen zumuten, sie aber trotzdem nicht länger oder besser leben wird?

Was ist, wenn wir sie nicht behandeln lassen und sie dadurch tatsächlich bald sterben wird? Und würden wir sie dann nicht auch Schmerzen und Stress aussetzen?

Am liebsten wäre es uns gewesen, Anne würde uns sagen, welche Variante sie bevorzugte. Würde sie lieber einige Monate länger leben wollen und dafür die Nebenwirkungen und Risiken von Chemo- oder Strahlentherapie ertragen? Würde sie lieber einfach so weiterleben wollen, ohne jegliches Zutun von außen. Und wenn es soweit ist, ist es eben soweit? Würde sie wollen, dass wir nach weiteren Therapiemöglichkeiten suchen, die vielleicht nicht das mögliche Resttumorgewebe verschwinden lassen, ihr aber ein schmerzarmes oder sogar schmerzfreies und normales restliches Leben ermöglichen?

Die meisten Menschen können solche Entscheidungen im Vorfeld für sich treffen. Tierhalter jedoch müssen dies für ihr geliebtes Tier übernehmen.

Welche Parameter sind wichtiger als andere? Ist es das Lebensalter, sozusagen die Quantität des Lebens, bei der man beispielsweise sagt: „Das ist doch ein junger Hund, da muss alles getan werden, um das Leben zu verlängern." Oder geht es um die Möglichkeit, die Qualität zu verbessern bzw. zu erhalten und dafür den baldigen Tod des Tieres in Kauf zu nehmen? Wahrscheinlich möchten die meisten Tierhalter ein langes und leidfreies Leben für ihr Tier. Doch das eine sind die Wünsche, das andere ist die Realität des Lebens. Machen wir Abstriche? Und wenn ja, wo? Und welchen Preis soll das Tier dafür zahlen? Und welchen Preis können wir sowohl emotional wie auch finanziell erbringen?

Unser Hund hatte ein bösartiges Melanom im Mundraum, welches mit großer Wahrscheinlichkeit bald metastasieren und andere Organe irreparabel schädigen würde. Wir haben Therapiemöglichkeiten zur Wahl, die vielleicht die Lebenszeit verlängern, dafür aber wenigstens zeitweise die Lebensqualität beeinträchtigen werden. Keine Garantie auf Erfolg. Auf gar nichts. Ganz egal, welchen der Wege man beschreiten wird.
Das sind dunkle Momente. Plötzlich trägt man Verantwortung, die weit über das hinausgeht, was man im normalen Hundealltag zu bewältigen hat. Alles, was einem zur Verfügung steht, um solche grundsätzlichen Entscheidungen zu treffen, sind Meinungen und das Wissen von Ärzten, statistische Erhebungen und manchmal auch die Erfahrungen anderer Hundehalter, die diesen Weg mit ihrem Tier schon gehen mussten. Und natürlich kann keiner sagen, wie es kommen wird. Das Leben ist eben nicht berechenbar.
Also, was machen wir?

Wir waren uns ziemlich schnell darüber einig, dass, ganz egal welche Therapievarianten wir wählen, es vordergründig um ein gutes stress- und schmerzarmes Leben für Anne gehen soll. Sicher werden andere Hundehalter, vielleicht auch aus dem Grund, dass sie über andere Erfahrungen und anderes Wissen verfügen, anders für ihr Tier entscheiden. Doch für uns fühlte sich unser Entschluss richtig an.

Was wir ablehnten, war die Chemotherapie. Wir hatten in unserer Praxis mehrere Hunde gesehen, bei denen diese Therapieform angewendet wurde. Das wollten wir Anne ersparen.
Die Strahlentherapie schied für uns nach einiger Überlegung auch aus. Wäre es ein nichtoraler Tumor gewesen, hätten wir diese Methode vielleicht in Betracht gezogen.

Die chirurgische Variante hatten wir zwar durch die erste OP schon durchführen lassen, doch eine nochmalige OP schien, speziell im Mundraum, mehr Schaden anzurichten, als wir es für angemessen hielten, da schon die erste Wunde nicht verheilte. Somit blieb von den klassischen schulmedizinischen Therapieformen keine übrig. Wir mussten nach anderen Möglichkeiten suchen.

Der Tag, an dem wir Mut schöpften

Ich erinnerte mich, dass wir irgendwann von einer Kundin ein Buch geschenkt bekamen, in dem ein Tierarzt ausführlich die Grundlagen für ein gesundes und langes Hundeleben erläuterte. Ich hatte es damals kurz überflogen und fand alle Punkte einleuchtend und nachvollziehbar. Die meisten Ansätze, die in diesem Buch erläutert wurden, setzten wir sowieso schon lange um. Also habe ich das damals nicht weiter vertieft. Doch jetzt holte ich es wieder hervor und begann darin zu lesen. Wir kamen auf die Idee, Kontakt mit dem Autor des Buches aufzunehmen. Wir wollten die Quelle direkt anzapfen.

Gabi rief in der Praxis des Tierarztes an und bat um einen Termin. Zwei Wochen später machten wir uns auf den fast 300 km langen Weg nach Rheinland-Pfalz.

Wir waren etwas früher da, als geplant und gingen mit unseren Hunden zwischen den in der Nähe liegenden Pferdekoppeln spazieren. Seit der OP waren inzwischen fünf Wochen vergangen und damit knapp die Hälfte, der für Anne prognostizierten, verbliebenen Lebenszeit. Obwohl wir nicht panisch waren, bemerkten wir doch den Druck, schnell handeln zu müssen. Ständig wechselten unsere Gedanken hin und her zwischen: „Was kann man da schon groß aus dem Hut zaubern?" und „Vielleicht gibt es ja doch eine Möglichkeit ihr zu helfen".

Pünktlich zum vereinbarten Termin wurden Gabi und Anne in die Praxis gebeten. Toni und ich warteten vor der Praxis.

Was dann geschah, hatten wir bis dahin noch nicht erlebt. Ausführliche Aufnahme, genaue Anamnese, Blutbild und Dunkelfeldblutanalyse, Röntgen (ohne Narkose) und Ultraschall der Organe. Fast zweieinhalb Stunden mit Untersuchungen vergingen, bis sich der Tierarzt festlegte, wie es für Anne und uns weitergehen soll.

Das war mit Abstand die umfangreichste Untersuchung, die wir bei Tierärzten erlebt hatten.

Erfreulicherweise konnten, soweit das einschätzbar war, bisher keine Metastasen erkannt werden. Bei der Auswertung der Ergebnisse kam als Hauptproblem zum Vorschein, dass Annes

Magen-Darm-Trakt über zu geringe Aufnahmemöglichkeiten verfügte. Ihre Magenschleimhaut war zu dünn und vollkommen überfordert. Sie konnte somit ihr Futter nicht richtig verwerten, womit dem Körper nicht alle Nährstoffe zur Verfügung gestellt werden konnten, die sich in der Nahrung befanden. Zu wenige Nährstoffe bedeuten für den Körper zu wenig Energie und damit auch zu wenig Regenerationsfähigkeit.

In der Dunkelfeldblutanalyse waren dann auch die entsprechenden Ergebnisse zu erkennen. Annes Blut war mit vielen Gasanteilen belastet. Die roten Blutkörperchen klebten aneinander und konnten nur unzureichend Sauerstoff transportieren und weiße Blutzellen verklumpten zu Clustern. Die OP-Wunde hatte sich immer noch nicht vollständig verschlossen, so dass dort ein hohes Infektions- und Zellentartungspotential bestand.

Annes Art, beim Gehen den Kopf etwas tiefer zu tragen, hatten wir mit ihrem zunehmenden Alter in Zusammenhang gebracht. Für Außenstehende war es nicht wahrnehmbar. Nun erfuhren wir, dass Anne wahrscheinlich den Kopf hauptsächlich aufgrund ihrer Magenprobleme so hielt. Der Tierarzt erklärte Gabi die genauen Zusammenhänge. Aus osteopathischer Sicht war das absolut einleuchtend.

Wow. Das waren doch mal Aussagen. Alles fügte sich allmählich zu einem großen Bild. Wenn wir all die neuen Erkenntnisse zusammenfassten, ergab sich daraus, dass Anne unter einem Nährstoffmangel litt, der wie in einer Kaskade alle negativen möglichen Folgen zu erklären schien. Ob das auch der Auslöser für den Tumor war, konnte jedoch niemand sagen. Was uns aber schon jetzt klar wurde: Wir hatten einige Anhaltspunkte, um Annes Gesamtzustand zu verbessern, das Tumorwachstum zu verlangsamen und ihr Wohlbefinden zu steigern.

Was genau konnten wir nun tun?

Am wichtigsten war, dass Annes Magen mehr Zeit zur Regeneration erhält. Das heißt, sie bekommt nicht mehr über den ganzen Tag Futter und Leckerchen, sondern es gibt ab sofort zwei Fütterungen. Eine morgens, eine mittags. Das Futter, das Anne im Moment bekam, vor allem den hohen Rohkostanteil, sollte sie vorerst nicht mehr erhalten, da die Aufspaltung der Inhaltsstoffe zu stressig für ihren angeschlagenen Magen ist. Weiterhin müssen bis zur Verbesserung ihrer Magenschleimhaut-Situation, Nährstoffe und Enzyme zugeführt werden, um die bisherigen Defizite auszugleichen.

Die OP-Wunde wird täglich mit einem speziellen Präparat eingerieben, damit sich das Loch so schnell wie möglich schließt.

Wir konnten zu Hause den Erholungsprozess mit osteopathischen Techniken unterstützen.

Weiterhin könnten wir Anne lasern.

Alles klang in sich stimmig und wir fuhren guten Mutes nach Hause.

Während das Einreiben der Wunde hervorragend klappte, gestaltete sich die Umstellung der Fütterung schwieriger als erwartet. Anne begann, sich fast nach jeder Mahlzeit zu übergeben. Das ging beinahe eine Woche lang so und es sah nicht so aus, als ob sich dieser Zustand zum Positiven veränderte. Wir kontaktierten den Tierarzt und er empfahl uns, Anne einen Tag lang fasten zu lassen. Etwas kritisch eingestellt, willigten wir ein und sie bekam am nächsten Tag nur Wasser. Obwohl sie ständig in die Küche marschierte, wieder zurückkam und uns auffordernd anschaute, blieben wir bei unserem Vorhaben. Gabi konnte Annes Blick kaum widerstehen. Für sie sah es so aus, als ob Annes Hungertod kurz bevorstand.

Am Tag nach dem Fasten bekam sie nur zwei kleinere Mahlzeiten und am Folgetag wieder ihre normale Ration. Kein Erbrechen mehr. Wir konnten es gar nicht glauben. Sie sprang froh umher, behielt ihr Essen in sich und war voller Energie.

In den kommenden Wochen bemerkten wir, dass Anne ihren Kopf wieder so trug, wie als junger Hund. Dabei reckte sie forsch die Nase in den Wind und interessierte sich für alles und jeden. Was für ein Unterschied. Es ging ihr richtig gut.

Mit dem Tierarzt war abgesprochen, dass wir nach drei Wochen nochmals mit Anne zu ihm kommen würden, um ihren Zustand zu beurteilen und, wenn nötig, die Maßnahmen anzupassen.

Wir fuhren also wieder nach Rheinland-Pfalz und Anne wurde erneut untersucht. Alles hatte sich zum Positiven hin verändert.

Der OP-Bereich hatte sich fast vollständig geschlossen und auch im Dunkelfeldblutbild waren deutliche Veränderungen zu erkennen.

Es gab weniger Gasanteile im Blut und die Verklebungen der roten Blutkörperchen waren vollständig verschwunden.

Also weiter so.

Wir besprachen noch, dass wir in einigen Wochen, wenn wir in Schweden sind, bei einem Tierarzt eine Blutprobe nehmen lassen sollen und sie per Express nach Deutschland schicken.

Wir waren sehr erleichtert und konnten uns jetzt ganz den Umzugsvorbereitungen widmen.

Annes Ankunft in Schweden

Im schwedischen Värmland, unserer neuen Heimat, angekommen, wurden wir von lautem Hundegebell begrüßt. Zwei Rottweiler, in einem großen Zwingerareal untergebracht, machten sich bemerkbar und vermeldeten die Eindringlinge.

Wir fuhren an ihnen vorbei und hielten vor einem modernen hellbraun gestrichenen Holzhaus, auf dessen Terrasse unser neuer Vermieter mit seiner Partnerin saß. Weiter entfernt sahen wir das rote Schwedenhaus, in das wir heute einziehen würden. Als wir ausstiegen, kamen uns die Beiden entgegen und begrüßten uns freundlich.

„Hallo, ich bin Thomas und das ist Ina." sagte der schlanke Mann. Sie mussten ziemlich genau in unserem Alter sein.

Wir stellten uns ebenfalls vor und die beiden luden uns zum Hinsetzen ein und fragten, ob wir etwas trinken wollten. „Nein danke, wir würden erst einmal mit den Hunden ein paar Schritte gehen. Und dann können wir in Ruhe alles besprechen." sagte ich. „Ok. Da es schon langsam dunkel wird, nehmt Ihr am besten den Weg, auf dem Ihr gekommen seid." empfahl Thomas. So machten wir es.

Die Hunde wurden aus dem Auto geholt, angeleint und an den ärgerlichen Rottis vorbeigeführt. Weitere zehn Meter weiter waren wir auf dem langen Waldweg, auf dem wir vor wenigen Minuten angefahren kamen; der Weg, der die Straße mit dem Grundstück verband. Thomas' Hunde beruhigten sich wieder und plötzlich waren wir in nahezu völliger Stille. Ein paar Vögel hatten noch nicht verstanden, das Schlafenszeit war und zwitscherten tapfer gegen die Dämmerung an. Doch sonst war, außer unseren Schritten, nichts zu hören. Wir leinten Toni und Anne ab. Die beiden waren schwer begeistert. Alles roch anscheinend interessant, wir kamen kaum voran. Jeder noch so mickrige Grashalm und Mooshügel musste aufs Genaueste inspiziert und einer olfaktorischen Begutachtung unterzogen werden.

Nach einer Viertelstunde drehten wir wieder um und gingen zum Haus zurück.

Die Hunde kamen vorerst wieder ins Auto und Thomas und Ina

gingen zu unserem zukünftigen Heim voran.

Im Zusammenspiel mit dem Wald, dem nicht weit vom Haus entfernten, durch die Bäume schimmernden See und der friedlichen abendlichen Stimmung wirkte das Haus unglaublich einladend.

Die beiden zeigten uns alles, was wir für die erste Nacht wissen mussten, verabschiedeten sich und schon waren wir allein. Zuerst mussten die Hunde ins Haus, um danach Auto und Hänger ausräumen zu können. Nach zwei Stunden war alles erledigt. Die Nacht brach an, die erste von vielen kommenden in unserem schwedischen Zuhause.

Die ersten Wochen in Schweden

Wir lebten uns schnell in unserem Holzhaus ein. Die Tage wurden zwar schnell kürzer, doch das Wetter hätte nicht besser sein können. Sonne, Wärme und ein sanfter Wind verwöhnten uns tagsüber. Wir erkundeten die Gegend und unternahmen viele Spaziergänge an den Seen und in den scheinbar unendlich großen Wäldern der Umgebung. Auch sonst hielten wir uns so viel wie möglich draußen auf. Auf der großen, überdachten Terrasse konnte man entspannt sitzen, schwatzen, traditionelle Zimtschnecken verputzen, Kaffee trinken und genüsslich den Blick über einen Teil des Kläggen, des großen Sees vor dem Haus, schweifen lassen. Es waren nur ein paar Schritte und schon war man im Wald. Wir hatten die Wahl zwischen einigen großen Schotterwegen, die oft im Nichts endeten oder vielen verschiedenen Pfaden durch den an das Haus angrenzenden Wald. Überall flossen kleine, klare Bäche. Ein Paradies, vor allem für Toni, dessen Ehrgeiz darin bestand, aus jedem Rinnsal und jeder Pfütze eine Probe zu verkosten. Da Gabi noch zwei Wochen Urlaub hatte, konnten wir die erste Zeit ausschließlich für uns nutzen. Wir erkundeten die Umgebung bei Wanderungen und hielten uns oft an den vielen nah gelegenen Seen auf. Allmählich kamen wir zur Ruhe.

Die Hunde wurden weiter so gefüttert, wie vom Tierarzt vorgeschlagen. Alle drei bis vier Tage inspizierten wir Annes fast vollständig verschlossenes OP-Gebiet und rieben es weiterhin ein. Es ging ihr richtig gut. Sie rannte mit Toni froh durch den dick bemoosten Wald, ärgerte ihn, forderte ihn zum Spielen auf und genoss sichtlich ihr Leben in Schweden.

Mir fiel auf, dass sowohl Ina's Hündin Emma, wie auch Carlos, einer der beiden Rottweiler von Thomas, ein ungewöhnliches Gangbild zeigten. Emma hinterließ den Eindruck von Instabilität in der Hinterhand. Carlos hingegen lahmte leicht mit der rechten Vorderpfote. Wir boten Ina und Thomas an, die Hunde zu untersuchen.

„Das wäre sehr nett von Euch" sagte Ina, „bei Carlos kommt und geht das Humpeln. Allerdings glauben wir nicht, dass er sich ohne Weiteres untersuchen lässt. Vielleicht schauen wir erst mal nach Emma."

Emmas Problem war schnell erkannt. Die ältere Hündin hatte mit beiden Hüftgelenken Probleme. Ein großer Teil der Hüftmuskulatur war abgeschwächt und ein anderer Teil vollkommen verspannt. Durch die Schwäche und Instabilität in den hinteren Extremitäten hatte Emma zunehmend auf die Muskulatur der Lendenwirbelsäulen zurückgegriffen, weshalb sie nun massive Verspannungen in diesem Bereich hatte.

Wir erarbeiteten einen Therapie- und Trainingsplan. Innerhalb weniger Tage ging es ihr schon wesentlich besser und nach ein paar Wochen lief sie mit einem fast schon normalen Gangbild in der Gegend umher.

„Ich bin so glücklich" sagte Ina. „Ich hätte nie gedacht, dass es trotz ihres Alters zu einer so deutlichen Verbesserung kommt. Emma marschiert sogar die Treppen, die ich sie zuletzt getragen hatte, wieder hoch und runter, als ob nichts wäre."

Perfekt. Jetzt konnten wir uns um Carlos kümmern. Da ich Carlos im Alltag als sehr eigen und willensstark wahrgenommen hatte, machte ich mir einige Gedanken, wie wir ihn untersuchen sollten, ohne ihn zu sehr zu stressen oder uns in Gefahr zu begeben, von ihm attackiert zu werden.

„Da passiert nichts, solange ich ihn halte." Thomas kannte seinen Hund natürlich besser als ich. Doch hatte ich Bedenken. „Die Möglichkeit, dass ich Carlos während der Untersuchung ungewollt Schmerzen zufüge, ist sehr wahrscheinlich und von einem Rottweiler möchte ich ungern gebissen werden," gab ich zu bedenken. „Besser, er bekommt einen Beißkorb auf. Dann sind wir alle gleich viel entspannter."

Carlos bekam also einen Beißkorb auf und wurde von Thomas liebevoll zum Hinlegen gebracht. Ich kniete mich neben ihn und schon ging das Drohen los. Carlos konnte nicht akzeptieren, dass ihm ein Fremder so dicht auf die Pelle rückte. Obwohl Thomas ihn am Kopf hielt und immer wieder Leckerchen durch den Beißkorb schob, war Carlos mir gegenüber sehr ungnädig. Für ihn war das eine sehr unangenehme Situation. Er lag zwischen Thomas und

mir und war uns mehr oder weniger ausgeliefert, da er sich durch
den Beißkorb nicht mal richtig wehren konnte. Für einen
Blubberkopp, wie ihn, einfach unerträglich.
Wir gönnten ihm viele kleine Pausen, damit der Stress nicht zu
groß wurde und er sich immer wieder etwas beruhigen konnte.
Er hatte offensichtlich im Bereich der rechten Schulter und an der
linken Hüfte Schmerzen. Seine Wirbelsäulenmuskulatur fühlte sich
an wie Stein. Wahrscheinlich hatte er schon eine ganze Weile
Probleme, hatte es bisher aber ganz gut kaschieren können.
Ich war nicht in der Lage, festzustellen, was nun genau das
Problem an seiner rechten Schulter war. Die Auffälligkeiten an
Muskeln und Bändern erschienen mir eher wie eine Ansammlung
von Folgereaktionen des Körpers auf den für mich unklaren
Schulterschmerz.
„Da hilft alles nix." sagte ich zu Thomas. „Das muss vom Tierarzt
untersucht werden. Ich weiß nicht, was die Ursache für seine
Schmerzen ist, nur, dass er mittlerweile allerhand
Kompensationsprobleme entwickelt hat. Wahrscheinlich bringen
da Röntgen oder CT mehr Klarheit."
Thomas rief in der Tierklinik im fünfundzwanzig Kilometer
entfernten Torsby an und bekam einen Termin für die kommende
Woche. Bis dahin gab Thomas dem Rottweiler Schmerzmittel, um
ihm ein bisschen Erleichterung zu verschaffen.

Mittlerweile war der Winter in Schweden angekommen. Es fiel
reichlich Schnee und es wurde richtig kalt. Unter minus 20 Grad
Celsius waren nachts völlig normal.
Am Tag des Tierarzttermins hängte Thomas den Thermo-
Hundeanhänger an sein Auto an. Carlos, dessen Humpeln in der
vergangenen Woche zugenommen hatte, stieg etwas mühsam
hinein. Ina, Thomas und Carlos fuhren los.
Nach drei Stunden waren sie zurück. Der Hundehänger war leer.
Carlos lag hinten im PKW. Er lebte nicht mehr.
Ina erzählte mit Tränen in den Augen: „Sie haben ihn untersucht
und einen großen Tumor am Schulterblatt gefunden, der den
Knochen schon stark angegriffen hat." Sie schluckte schwer. „In
diesem Zustand gibt es nur zwei Möglichkeiten: Einschläfern oder

Amputation." Ich war vollkommen geschockt. Damit hatte keiner von uns gerechnet.

„Bei einem so großen und schweren Hund ist eine Amputation der Vorderpfote mitsamt dem Schulterblatt keine gute Lösung," sprach sie weiter. „Thomas musste sich entscheiden, was nun werden soll."

Meine Güte. Das musste die Hölle für ihn gewesen sein. Er fährt mit seinem Hund zum Tierarzt, um herausfinden zu lassen, wie man ihm helfen kann und muss sich innerhalb kurzer Zeit entscheiden, ob er sein geliebtes Tier einschläfern oder bei ihm eine Amputation vornehmen lässt.

„Die Tierärztin hat alles genau erklärt und hat uns auch darauf hingewiesen, was die Amputation für Carlos bedeuten würde, vor allem in seinem Alter. Kleine Hunde können das wohl ganz gut kompensieren. Aber Carlos könnte so gut wie gar nicht mehr aufstehen und gehen und der restliche Körper würde sehr schnell vollkommen überlastet sein."

Thomas trug Carlos ins Haus und legte ihn auf eine Decke in seinem Büro.

Im Laufe des nächsten Tages hackte und schaufelte Thomas ein Grab in den tiefgefrorenen Boden. Zwischen einigen jungen Bäumen würde Carlos seine letzte Ruhe finden.

Abends trugen wir, Ina, Gabi, Thomas und ich, Carlos auf seiner Decke durch den dicht fallenden Schnee zu seinem Grab. Thomas hatte den Boden dick mit Stroh ausgelegt. Wir ließen Carlos langsam in die Grube hinab. Er lag auf seiner Decke, als ob er sich nur ausruhen würde. Vorsichtig legte Thomas die Deckenenden über ihm zusammen. Wir blickten traurig zu Carlos hinab. Ina und Thomas rollten Tränen übers Gesicht. Nach ein paar Minuten ließen wir Thomas allein, dass er sich von Carlos, den er so liebte, verabschieden konnte.

Die Tage wurden immer kürzer und vor allem die Nächte immer kälter.

Durch die Fenster sahen wir in zwanzig Meter Entfernung Elche vorbeiflanieren. Rehe kamen bis an unser Haus heran.

Einige Freunde und Bekannte hatten uns gefragt, ob wir wirklich den Winter in Schweden verbringen wollten. Die lange Dunkelheit, die Kälte und die Straßenverhältnisse wirkten auf die meisten abschreckend. Doch wir nahmen es anders wahr, wir empfanden den Winter als wunderschön. Es schneite viel, aber es schien auch sehr oft die Sonne. Die Hunde genossen es, im Schnee herumzutoben. Wir konnten lange Spaziergänge zu den kleinen Inseln auf dem zugefrorenen See unternehmen.

Viereinhalb Monate nach der Diagnosestellung bemerkte Gabi beim Einreiben von Annes Zahnfleisch, dass sie eine Erhebung spürte. Es war nichts Großflächiges. Doch wir waren beunruhigt. In den nächsten Tagen schien sich nichts zu verändern, aber dann wuchs der kleine Hügel innerhalb kurzer Zeit Tage zu einer recht großen Beule. Hätten wir nicht speziell darauf geachtet und hätten wir nicht in Annes Mund geschaut, wäre uns die Zunahme des Gewebes erst einmal nicht aufgefallen. Und Anne zeigte keinerlei Anzeichen, dass sich etwas veränderte.
Wir riefen in der Tierklinik in Torsby an, erklärten, worum es sich handelte, und erhielten einen Termin in einer Woche.
Innerhalb dieser Woche wuchs der Tumor ungebremst weiter. Wir waren sehr beunruhigt.
Bei der Untersuchung stellte sich heraus, dass der sichtbare Bereich des Tumors nur ungefähr die Hälfte des neuen Gesamtgewebes ausmachte. Es konnte durchaus sein, dass es hinter der alten OP-Wunde schon seit einiger Zeit zu einer Gewebsvermehrung gekommen war.
Die Tierärztin teilte uns mit, dass der nicht sichtbare Tumoranteil schon in Richtung Unterkieferknochen vorgedrungen war, ihn aber noch nicht erreicht hatte. Eine OP war durch die Größe des Tumors eigentlich unmöglich. Der Eingriff wäre so groß, dass es kaum eine Möglichkeit auf Heilung der neuen Wunde gab.
Sie sagte: „Es gibt in Schweden einige Kliniken, die solche OP's trotzdem durchführen, aber die Aussichten sind äußerst schlecht."
Wir begriffen nun, wie groß der Tumor tatsächlich war und uns war klar, dass nach einem Herausschneiden, die Wundränder unmöglich zusammenzuführen waren und ein Leben mit einer

solch großen offenen Wunde im Mundraum unzumutbar wäre und wahrscheinlich mit einer massiven Infektionsgefahr und großen Schmerzen einhergehen würde.

Die erschreckend schnelle Vergrößerung des Tumors hatte uns verdeutlicht, dass es nicht mehr lange dauern wird, bis wir eine endgültige Entscheidung treffen müssten.

Anscheinend konnten wir Anne ab jetzt nur noch bis zu ihrem Ende unterstützen.

Wir fuhren nach Hause und überlegten, wie wir weiter verfahren konnten. Ab wann wird Annes Lebensqualität so stark eingeschränkt sein, dass wir sie gehen lassen müssen?

Gab es wirklich keine Möglichkeit, wenigstens noch etwas Zeit für sie herauszuholen?

Gabi fuhr alles auf, was aus dem Bereich der Tierheilkunde möglich war. Und tatsächlich verlangsamte sich das Tumorwachstum.

Trotzdem ertappten wir uns ständig dabei, dass wir nicht die Ruhe und den Frieden verbreiteten, den Anne in dieser Zeit benötigte. Wir pendelten ständig zwischen der Hoffnung, dass wir eine Verkleinerung des Tumors hervorrufen können und der Angst, dass wir Anne überhaupt nicht helfen können, hin und her.

Wahrscheinlich gab es fast nichts aus dem nicht-schulmedizinischen Bereich, was wir nicht durchdacht, in Erwägung gezogen, angewendet oder verworfen hätten.

Aber ganz gleich, was auch immer wir wie lange und intensiv anwandten, der Tumor wuchs weiter. Zwar langsamer, doch er wuchs. Während der vielen Recherchen stießen wir irgendwann auf die Möglichkeit der Plasmachirurgie. Sie schien eine weniger blutigere OP-Variante zu sein als die konventionelle Chirurgie. Vielleicht ließ sich damit der Tumor verkleinern oder ganz eliminieren. Uns war durchaus bewusst, dass die Wahrscheinlichkeit dafür gering war. Trotzdem nahmen wir Kontakt mit einer Praxis in Hamburg auf, die diese Methode anwendete, und schickten per Mail Bilder von Annes Problemgebiet mit.

Obwohl es Wochenende war, bekamen wir sofort Antwort.

Der Chef schrieb uns, dass der Tumor plasmachirurgisch entfernt werden könnte. Wir sollen uns Montag telefonisch in der Praxis melden, um das weitere Vorgehen abzuklären.

Es war Mitte Januar und mittlerweile konnte man auch äußerlich an Annes rechtem Mundwinkel eine kleine Beule erkennen. Anne zeigte erste Zeichen, dass der Tumor für sie zur Belastung wurde. Sie gähnte häufiger und versuchte, mit der Zunge den vermeintlichen Fremdkörper nach außen zu transportieren. Sollten wir wirklich nach Hamburg fahren? Würde es Anne weitere Lebenszeit bringen? Ist ihr die Operation zuzumuten? Ihr Zustand war nun genau an dem Punkt angelangt, für den uns die schwedische Tierärztin das Einschläfern nahegelegt hatte. Doch außer dem sporadisch auftretenden Schlecken und Gähnen, war Anne voller Energie und Lebenslust. Sie tollte draußen umher, bellte furchterregend, wenn Thomas, Ina oder deren Hunde vor dem Fenster erschienen, schlang ihr Futter gierig in sich hinein und schlief meistens ganz normal. Wir konnten uns nicht vorstellen, sie einschläfern zu lassen.

So entschieden wir uns, Anne in der Praxis vorzustellen und organisierten die Fahrt nach Hamburg. Anfang Februar, an einem Mittwoch, hatten wir den Termin bekommen.

Eintausendeinhundert Kilometer Fahrt. Das hieß, mit allen Stopps und Gassigängen, fünfzehn bis sechzehn Stunden bis wir in Hamburg angekommen sein werden. Wir planten in der Gegend um Malmö eine Nacht Aufenthalt ein, denn Anne war keine begeisterte Mitfahrerin. Während Toni sich im Auto sofort einkuschelte und schlief, saß Anne über lange Strecken auf dem Rücksitz und hechelte leise vor sich hin. Erst, wenn das Fahrzeug gleichmäßig und monoton vor sich hinfuhr, beruhigte sie sich ein wenig. Doch nahm man einmal den Fuß vom Gas, sprang sie sofort wieder auf.

Am Montagmorgen vor dem Termin starteten wir. Die Straßen waren geräumt und es waren tagsüber zwischen -5 und -10 Grad. Für einen schwedischen Winter angenehm warm. Die Fahrt verlief reibungslos. Dienstag am Nachmittag kamen wir in unserer, für diese Woche gemieteten, Ferienwohnung am Rande Hamburgs an. Das junge Vermieterpaar begrüßten uns freundlich, zeigte uns die großzügige Ferienwohnung und wies uns darauf hin, welche Wege in dem Wald, der quasi vor der Haustür begann, besonders zu empfehlen waren. Ja, ein schöner Waldspaziergang würde uns sicherlich guttun.

Es waren milde 12 Grad. Die Sonne schickte ab und an die letzten Strahlen des Tages durch die Wolken, die Wege waren trocken, der Wald duftete, als ob gleich der Frühling über uns hereinbricht. Unsere Hunde liefen voller Entdeckungsfreude vor uns her. Herrlich.

Wieder zurück in der Ferienwohnung, streckten sich beide Hunde auf ihrer Decke aus und schliefen sofort ein. Auch wir kamen allmählich zur Ruhe.

„Was machen wir, wenn sie sagen, dass Anne nicht mehr operiert werden kann?" fragte Gabi plötzlich. Dieser Gedanke beunruhigte mich auch schon seit Tagen. „Ich weiß es nicht." antwortete ich leise. Gabi fragte weiter: „Sollen wir sie dann gleich hier einschläfern lassen oder fahren wir zurück und schauen, dass wir noch einige Tage für sie so schön wie möglich gestalten?" Wir sahen zu unseren Hunden, die beide auf ihrer Decke lagen, ab und an im Schlaf vor sich hin schmatzten und tief und ruhig atmeten. Wir waren hin und her gerissen zwischen großer Angst und einem Hauch von Hoffnung.

Am nächsten Morgen hatte Anne um halb neun ihren Termin. Bis zur Praxis waren es 15 Minuten mit dem Auto. Nach einem ausgiebigen Morgenspaziergang fuhr Gabi mit Anne los, während Toni und ich zurückblieben.

Wir hatten abgesprochen, dass mich Gabi sofort anruft, wenn irgendeine Entscheidung getroffen werden muss.

In der letzten Woche, in der wir auf diesen Termin warteten, war der Tumor nochmals gewachsen. Er war zwar, soweit wir sehen konnten, gut abgegrenzt, aber jetzt ging er allmählich in die Schleimhaut der Wange über. Die Angst saß mir im Nacken, dass Gabi anrufen und sagen würde, dass Anne nicht operiert werden kann. Und andererseits fürchtete ich mich davor, dass wir mit der OP, sollte sie stattfinden, vielleicht Annes letzte Tage zur Tortur machen würden. Ich konnte kaum einen klaren Gedanken fassen. Gabi würde es in der Tierarztpraxis sicher nicht anders gehen.

Zudem hatte sie sicherlich das Gefühl, die Verantwortung allein tragen zu müssen.

In der Praxis angekommen, wurde Anne von zwei Tierärzten untersucht. Dann wurde in Absprache mit Gabi entschieden, den Tumor, soweit es ging zu entfernen. Die Schwester legte Anne in Narkose und nahm sie mit in den OP.

Gabi rief mich an. „Anne wird gerade operiert" sagte sie, „ich warte im Auto, bis sie sich telefonisch melden. Ich rufe Dich wieder an, wenn ich genaueres weiß."

Gegen zwölf meldete sie sich wieder. „Ich habe Anne schon bei mir, wir fahren jetzt los." Ich wollte gerade fragen, wie es ihnen geht und wie die Operation verlaufen war, als sie gleich weitersprach: „Ich erzähle Dir alles, wenn ich zurück bin."

Als die beiden ankamen, spazierte Anne schon recht sicher mit wedelndem Schwanz auf mich zu und wir hörten ihr obligatorisches Gebrummel, als Toni erfreut um sie herumhüpfte und sie überschwänglich begrüßte.

Wir gingen ins Haus, setzten uns mit einer Tasse Kaffee an den Tisch und Gabi erzählte von ihren Eindrücken in der Praxis und was wir demnächst zu beachten hatten.

„Annes Wundränder sind nach der Entfernung des Tumors mit einem Draht zusammengeführt worden. Wir müssen ihn nach drei Wochen entfernen lassen." sagte sie. „Bis dahin soll das Wundgebiet sechs Mal täglich mit einem oralen Desinfektionsmittel gespült werden. Weiterhin bekommt sie drei Mal täglich ein entzündungshemmendes Mittel verabreicht."

Sie konzentrierte sich kurz und fuhr fort: „Der Tierarzt hat gesagt, dass sie alles sichtbare Tumorgewebe erwischt hatten, aber dass diese Art von Tumoren eigentlich nicht heilbar ist und er wahrscheinlich wieder kommen wird. Doch hätte Anne mit der OP etwas Zeit gewonnen."

Ich überlegte einen Moment. „Im Augenblick konzentrieren wir uns erst mal auf die Wundheilung" sagte ich „und dann sehen wir weiter."

Da Anne wach neben uns saß und abwechselnd zwischen uns hin und her schaute, entschieden wir uns, einen kleinen Spaziergang zu machen. Beide Hunde sprangen freudig auf, als sie die

Karabiner der Leinen klappern hörten und so zogen wir los und gingen gemächlich eine Weile im Wald spazieren.

Wir blieben noch weitere zwei Tage in Hamburg, damit Anne sich noch etwas von der OP erholen konnte und machten uns dann auf den Rückweg nach Schweden.

In den nächsten drei Wochen spülten wir Annes Wunde und verabreichten ihr alles, was sie bekommen sollte. Es ging ihr, trotz des großen Eingriffs, offensichtlich recht gut. Sie rannte über die schneebedeckten Wiesen, stapfte voller Tatendrang durch die Wälder und schnüffelte interessiert an Bäumen und den aus dem Schnee ragenden Büschen. Das Gähnen und Schlecken waren komplett verschwunden.

Der OP-Bereich schwoll in den nächsten Tagen ab und von außen und innen war keine Wölbung mehr zu sehen.

Drei Wochen nach der Operation fuhren wir in die Tierklinik nach Torsby. Anne bekam eine kleine Narkose und die Tierärztin begann, den Draht zu entfernen. Das war allerdings schwieriger als angenommen, denn er bewegte sich kein Stück. Nach einigen Versuchen sagte die Ärztin, dass sie Anne röntgen muss, weil sie nicht genau sagen kann, warum der Draht sich nicht lösen will. Am Ende schaffte sie es doch. Nachdem das erledigt war, untersuchte sie das Operationsgebiet genauer und sagte zu Gabi: „Es sieht so aus, als ob ganz hinten, am Ende schon wieder neues Tumorgewebe zu sehen ist. Aber sicher bin ich mir nicht, beobachtet es weiter. Jetzt muss erst einmal der Mundraum weiter so gut wie möglich erregerfrei gehalten werden." Oh Gott. Schon drei Wochen nach der OP war der Tumor zurück?

Entsetzt fuhren wir nach Hause. Hatten wir Anne vielleicht nur wenige Tage Zeit verschafft und sie sinnlos mit Narkosen und der OP drangsaliert?

Gabi fasste unsere Gedanken in Worten zusammen: „Es ist jetzt, wie es ist. Wir können nur hoffen, dass es vielleicht geschwollenes, gesundes Gewebe ist. Und wenn es doch wieder der Tumor ist, entscheiden wir dann, wenn wir sicher sind, wie es weitergehen wird."

„Aber eins ist doch klar," wandte ich ein „der Spielraum ist mittlerweile sehr eng. Nach so kurzer Zeit ist eine weitere

Operation nicht möglich und Anne auch nicht zuzumuten." Mir wurde schlagartig bewusst, was das heißt: „Wenn es wirklich der Tumor ist, werden wir sie nur noch bis zum Schluss begleiten können." fügte ich leise hinzu.

Hat man noch einige Pfeile im Köcher, ist es recht leicht zu sagen: Egal was kommt, wir holen das Beste aus der Situation heraus. Nimmt die Anzahl der möglichen Optionen aber rapide ab, fühlt es sich vollkommen anders an. Plötzlich scheint der kommende Abschied real zu werden.

In den nächsten Tagen fand Anne wieder zu ihrer alten Form zurück. Nichts wies darauf hin, dass es ihr in irgendeiner Form schlecht ging.

Nach weiteren drei Wochen bemerkte Gabi, dass es in Annes Mund, am hinteren Rand des rechten Unterkiefers zu einer fühlbaren Schwellung gekommen war. Tumor? Entzündung?

Wir erreichten in Torsby nicht die Tierärztin, die Anne zuletzt behandelt hatte und wandten uns an eine Tierärztin, die uns wegen ihrer gründlichen Untersuchungen und ihrer sehr einfühlsamen Art empfohlen wurde. Allerdings mussten wir dafür 50 km bis nach Sunne fahren. Wir bekamen noch am selben Nachmittag einen Termin.

Der Ort Sunne empfing uns mit eisigem Wind und Schneeregen. Die Praxis sah von außen wie ein kleiner, in die Jahre gekommener Lebensmittelladen aus.

Wie immer warteten Toni und ich im Auto, während Gabi mit Anne in die Praxis ging.

Emma, die Tierärztin hörte sich Annes Vorgeschichte an, untersuchte sie in Ruhe und empfahl, den Bereich an Annes Kopf zu röntgen. „Ojeh, schon wieder eine Kurznarkose?" fragte Gabi. Aber Emma sagte: „Dort hinten im Maulbereich könnte der Tumor Richtung Kieferknochen oder Richtung Hals tief ins Gewebe vorgedrungen sein. Das müssen wir herausfinden, um sagen zu können, was wir machen können." Also gut. Narkose und Röntgen.

Als die Bilder auf dem Monitor zu sehen waren, erklärte die Tierärztin Gabi: „Der fühl- und sichtbare Teil ist nur die Oberfläche der Geschwulst. Der Tumor ist wieder sehr weit in Richtung

Unterkiefer gewachsen. Wenn der Unterkieferknochen durch den Tumor infiltriert wird, wird es extrem schmerzhaft und der Kiefer könnte brechen", sagte sie. „In diesem Fall gäbe es die Möglichkeit, den Teil des betroffenen Kiefers zu entnehmen." Aber sie riet davon ab, weil es zu einer großen Instabilität des Unterkiefers kommen würde und außerdem wäre damit nicht gewährleistet, dass der Tumor restlos entfernt werden könnte. „Im jetzigen Zustand und dem rasanten Tumorwachstum kann es in zwei Tagen bis vier Wochen so weit sein, dass Anne erlöst werden muss." sagte sie. Sie riet Gabi, mit mir in Ruhe über alles zu sprechen. Zum Abschluss verschrieb sie Anne ein Schmerzmittel, das wir ihr geben sollten, sobald wir die ersten Zeichen von Schmerzen bei ihr bemerkten. Sollte Anne nicht mehr zur Ruhe kommen oder ihr Futter verweigern oder das Gewebe sich stark entzünden, wären das Zeichen, Anne gehen zu lassen.

Gabi kam mit Anne aus der Praxis und war sehr betroffen und sah äußerst blass aus. Sie erzählte mir noch auf dem Parkplatz, was bei der Untersuchung herausgekommen war.

Schweigend saßen wir im Auto und schauten auf das vor der Windschutzscheibe dichter werdende Schneetreiben. In gedrückter Stimmung fuhren wir heim. Uns beiden war bewusst, dass wir unser Mäuschen keiner weiteren Operation aussetzen wollten.

Zu Hause angekommen, gingen wir mit beiden Hunden in den Wald. Wir waren immer noch in sehr gedämpfter Stimmung. Eigentlich war alles klar. Wir werden Annes letzte Tage so angenehm wie möglich für sie gestalten. Sie wird ihr Schmerzmedikament bekommen und wenn wir bemerken, dass es ihr schlecht geht, werden wir die letzte Entscheidung für sie treffen.

Während wir schweigend vor uns hinliefen, hatte ich den Gedanken: „Unser Mäuschen wird uns wahrscheinlich bald verlassen. Aber nicht heute. Heute sind wir zusammen und heute sollten wir unser gemeinsames Leben genießen."

Gabi, die traurig neben mir herlief, richtete sich etwas auf, als ich ihr sagte, was mir gerade durch den Kopf ging. „Du hast recht. Jetzt ist sie bei uns. Diese Momente sollten wir auskosten." sagte sie.

Immer wieder, wenn die Realität uns herunterziehen wollte, erinnerten wir uns an diese Sätze. Wie ein Mantra, dass uns davor bewahrte, in noch tiefere Traurigkeit abzustürzen. Annes sensible Sinne nahmen unsere Stimmungen sehr genau wahr. Wir wollten nicht, dass ihre letzten Tage von unserer Angst und Trauer überschattet wurden.

In den folgenden fünf Wochen wuchs der Tumor unaufhörlich. Er breitete sich zwischen Annes rechtem Unterkiefer und ihrer Wange immer weiter aus.
Es schien ihr aber trotzdem ganz gut zu gehen. Im Alltag waren keine Veränderungen ihres Verhaltens zu bemerken.
Eines Abends saß ich am Computer. Außer den Geräuschen der Tastatur umgab mich eine wohltuende Stille. Draußen war es schon dunkel. Es fiel dichter Schnee und der Kamin verströmte im Haus seine angenehme Wärme und das Feuer verbreitete ein sanftes, warmes Licht.
Ich sah zu Anne, die ihren Kopf auf die Armlehne ihres Sessels gelegt hatte. Sie schaute mich aufmerksam und ruhig an. Das war einer dieser besonderen Momente. Wir blickten uns minutenlang in die Augen. Mein Herz war angefüllt mit Liebe für dieses wundervolle Wesen, das fast sein ganzes bisheriges Leben an unserer Seite verbracht hatte. In diesem Augenblick wünschte ich mir nichts mehr, als dass sie meine Zuneigung und meine Dankbarkeit ihr gegenüber spürte.
Nach einer Weile des tiefen Friedens, der uns einzuhüllen schien, atmete Anne tief durch, schloss langsam ihre Augen und schlief ruhig und gleichmäßig atmend ein.

In den folgenden Tagen begannen das Gähnen und Schlecken wieder. Außerdem veränderte sich Annes Mundgeruch. Plötzlich roch es eitrig aus ihrem Mund und wir sahen, dass die Geschwulst schon an die hinteren Zähne drückte. Wie weit wird der Tumor dann schon in Richtung Unterkiefer vorgedrungen sein? Wir spülten mehrmals am Tag das Gebiet in Annes Mund. Jedes Mal waren wir beeindruckt, wie bereitwillig und vertrauensvoll sie uns ihren Schnabel hinhielt, damit wir den Mundraum desinfizieren konnten. Aber es war klar, lange werden wir ihr diesen Zustand nicht mehr zumuten können. Anne wurde von Tag zu Tag ruhiger.

Am Tag, als Anne ging

In Schweden zeigte der Frühling Ende April seine ersten warmen Tage. Der Himmel war wunderschön und gleichmäßig blau. Die Sonne schien und wärmte mit fast zwanzig Grad unsere Körper. Wir stopften eine Decke in den Rucksack und gingen in den Wald. Auf einer Lichtung breiteten wir die Decke aus, setzten uns und genossen die laue Luft. Anne und Toni beschnüffelten einige Minuten die Büsche, Sträucher und das Gras vom letzten Jahr, markierten hier und da und setzen sich nach einer Weile zu uns auf die Decke. Wir schauten zu Anne, als sie plötzlich zu hecheln begann. Dabei sahen wir, dass der Tumor sich in den letzten zwei Tagen in ihrem Mund fast explosionsartig ausgebreitet hatte. Das Gewebe sah entzündet und blutig aus und wir wussten in diesem Moment, dass die Zeit für die letzte, schwere Entscheidung gekommen ist.

Wir wollten Anne die Folgen des rasanten Tumorwachstums und die kommenden Schmerzen nicht antun. Wie so oft in den letzten Monaten stellten wir uns wiederholt die Fragen: Wann ist der richtige Zeitpunkt, sie gehen zu lassen. Warten wir ab, bis sie so stark leidet, dass es gar keine andere Wahl mehr gibt, oder lassen wir sie gehen, noch bevor es zur vollständigen Eskalation kommt? Berauben wir sie vielleicht eines Teils ihrer Lebenszeit oder verhindern wir unzumutbares Leiden? Kurz schoss mir die Antwort durch den Kopf, die ich unseren Kunden gab, wenn sie danach fragten, wann der richtige Moment für die Entscheidung zum Einschläfern gekommen ist. „Niemand kennt Euren Hund so gut wie ihr. Vertraut darauf, dass Ihr es bemerkt, wenn es so weit ist."

Nun hatten wir das Gefühl, dass der Augenblick gekommen ist, unser Mäuschen gehen zu lassen.

Auf dem Heimweg fühlte sich plötzlich alles ganz anders an. Die seit nun neun Monaten ständig präsente Angst vor Annes Ende wich der Entschlossenheit, diesen Weg mit ihr heute zu Ende zu gehen.

Da es Freitagnachmittag war, erreichten wir weder in der Tierklinik in Torsby jemanden noch die nette und einfühlsame

Tierärztin Emma in Sunne.

Auf der Internetseite der 80 km entfernten Tierklinik in Munkfors sahen wir, dass sie zwar 17 Uhr schließen, allerdings für Notfälle bis 22 Uhr erreichbar sind.

Gabi rief dort an, erklärte, worum es geht, und erhielt von einer freundlichen Mitarbeiterin einen Termin für 18.30 Uhr.

Es war genügend Zeit, um rechtzeitig in Munkfors einzutreffen. Wir nahmen eine Handvoll von Annes Leckerchen, Geld, ein weiches Badetuch, auf welches sich Anne legen kann, und einige Tempopäckchen mit.

Während der mehr als einstündigen Fahrt durch die wunderschönen, von der Sonne durchfluteten schwedischen Wälder, schaute ich einmal nach hinten, als Anne laut zu hecheln begann. Dabei bemerkte ich, dass ein dünner Faden Blut über ihre Zunge lief und auf ihre Decke tropfte. Der Tumor war riesig und blutete und es war offensichtlich, dass es ihr nicht gut gehen konnte.

In Munkfors, einem kleinen, sehr einladend wirkendem Ort, angekommen, hatten wir noch etwas Zeit. Es war bisher noch niemand da und wir gingen einige Schritte mit den Hunden auf dem mit Gras bewachsenen Parkplatz der Tierklinik. Alles war unglaublich ruhig. Kein Mensch war weit und breit zu sehen. Die Sonne schien und es war angenehm warm. Die ersten Insekten des Frühlings surrten leise um uns herum und wir befanden uns in einem fast schon abgekoppelten Zustand. Ein trauriges Gefühl, gemischt mit großer Angst vor dem Kommenden. Ich sah auf Anne hinunter und war hin und her gerissen zwischen dem Gefühl, dass wir hoffentlich gerade die richtige Entscheidung treffen, um ihr ein schönes Ende zu bereiten und andererseits dem schrecklichen Gefühl, ihr Vertrauen uns gegenüber zu missbrauchen und sie geradewegs in den Tod zu schicken.

Der Vorsatz, Anne nicht unter unserer Trauer und Angst leiden zu lassen, sorgte immer wieder dafür, dass wir uns zusammennahmen und versuchten, diese letzten Minuten mit ihr als wertvolle, gemeinsame Zeit wahrzunehmen.

Nach einer Weile kam eine junge Frau auf uns zu. Es war die nette Angestellte der Klinik, mit der Gabi telefoniert hatte. Sie stellte sich uns vor und sagte dann: „Ich muss noch einige Vorbereitungen treffen. Ich hole Euch nachher hinein." Sie schloss die Eingangstür auf und verschwand im Gebäude.

Also liefen wir noch ein bisschen umher. Nach einigen Minuten rief sie uns ins Gebäude. Gabi füllte ein Formular aus, wonach wir in einen hellen Warteraum gebeten wurden. Währenddessen traf der Arzt ein.

Da wir uns schon von zwei Hunden auf diese Art trennen mussten, wussten wir, was auf uns zu kommt: Der Hund wird auf einen Behandlungstisch gestellt, bekommt eine Kanüle gelegt, dann wird ein Narkosemittel injiziert und wenn der Hund narkotisiert ist, wird das Mittel, welches zum Tod führt, gespritzt.

Doch hier lief es etwas anders ab.

Wir wurden in einen größeren Raum geführt, der anscheinend nur für Abschiede genutzt wird. Die Jalousien waren fast vollständig geschlossen. Man konnte die Abendsonne noch erahnen, doch das Licht in diesem Raum wurde hauptsächlich von vielen kleinen, brennenden Kerzen gespendet.

An den Wänden hingen allerlei Tierbilder. Es war vollkommen ruhig.

In einer Ecke des Raumes sahen wir eine dicke Matte auf einem zehn Zentimeter hohem Podest. Groß genug, dass wir zu viert, zwei Hunde und zwei Menschen, darauf passten. Da Toni fremde Menschen nicht gut toleriert, ging ich mit ihm etwas zur Seite und setzte mich auf einen Stuhl. Der Tierarzt erklärte uns nun, dass Anne zuerst ein Mittel verabreicht bekommt, das sie zum Einschlafen bringt. Nach etwa fünfzehn Minuten wird sie eingeschlafen sein. Dann wird die Kanüle gelegt und das Narkosemittel injiziert. Liegt sie in tiefer Narkose, wird das letzte, einschläfernde Mittel gegeben.

Er fragte, ob wir so weit sind. Wir sahen uns an und nickten.

Er gab ihr in die Hinterhand die Einschlafspritze, sagte, dass er in einer Viertelstunde zurückkommen würde und verließ mit der jungen Mitarbeiterin den Raum.

Toni und ich gingen wieder zur Matte und ich setzte mich so, dass Anne zwischen Gabi und mir sitzen konnte. Toni setzte sich vor die Matte. Ich holte aus meiner Hosentasche einige Leckerchen und gab abwechselnd Anne und Toni jeweils eines davon. Jetzt war Anne in ihrem Element. Trotz des riesigen Tumors in ihrem Mund, schnappte sie sich wie ein kleines Krokodil das Leckerchen, verschlang es schnell, um dem nächsten Platz zu machen. Dabei tropfte Blut aus ihrem Mund in meine Hand. Nach ungefähr 10 Minuten bemerkten wir, dass sie nicht mehr stabil sitzen konnte. Ich gab ihr ein Zeichen, dass sie sich hinlegen soll. Kurz darauf war sie eingeschlafen. Es kehrte Ruhe ein.

Gabis Augen waren geschlossen. Eine ihrer Hände lag auf Anne, die andere auf Toni, der sich vor der Matte mittlerweile hingelegt hatte. Ich streichelte Anne, küsste sie auf ihre Nase und bedankte mich in Gedanken, wie so viele Male in den Monaten zuvor, aus tiefster Seele für ihre Liebe, ihr unendliches Vertrauen und ihre bedingungslose Zuneigung. Gabi streichelte Anne liebevoll und nahm vorsichtig Annes Halsband ab. Als ich die Schritte des Tierarztes und der Mitarbeiterin auf dem Gang hörte, ging ich mit Toni wieder etwas zur Seite.

Beide betraten den Raum. Der Arzt fragte: „Seid Ihr bereit? Ich würde ihr jetzt das Narkosemittel geben." Wir bejahten. Er kniete sich vor Anne auf den Boden. Vorsichtig rasierte er einen Teil von Annes linkem Vorderbein. Währenddessen erzählte uns der Tierarzt mit leiser Stimme, dass sein erster Hund auch ein malignes Melanom hatte. Trotz OP kam bei seinem Hund der Tumor schon nach wenigen Wochen zurück und der Hund musste innerhalb kürzester Zeit eingeschläfert werden. Er fand es sehr erstaunlich, dass seit Annes Diagnose neun Monate vergangen waren.

Dann setzte er die Kanüle und spritzte das Narkosemittel. Er wartete einen Moment und schaute dann fragend zwischen uns hin und her. Wir nickten beide. Nun zog er das letzte Mittel auf und injizierte es langsam. Nach einigen Augenblicken nahm er sein Stethoskop, hörte nach Annes Herzschlag, drehte sich langsam zu uns um und sah uns ernst an.

Die beiden Schweden standen auf und sagten, dass wir uns so viel Zeit nehmen können, wie wir wollten und verließen fast geräuschlos den Raum.

Anne lag ruhig und entspannt neben Gabi. Ich ließ Toni laufen, so

dass er zu den beiden gehen konnte und folgte ihm. Er schnüffelte kurz an Anne und legte sich dann direkt vor ihr auf den Boden. Es fühlte sich so an, als ob es keine Zeit mehr gibt. Der Augenblick war eingefroren. Ich streichele Anne und fühle ihr warmes, weiches Fell unter meinen Händen. Welch unwirkliches Gefühl. Keine Atembewegung ist mehr bei ihr zu spüren. Meine wundervolle Hündin liegt regungslos neben mir.
Der Raum, von kleinen Kerzen mild erleuchtet, ist angefüllt mit tiefer Ruhe und einer großen, umhüllenden Liebe.

Nach ungefähr zwanzig Minuten löste sich dieser eingefrorene Moment allmählich auf. Plötzlich war mir bewusst, dass Anne nicht mehr in diesem Körper ist. Behutsam deckte ich sie mit unserem Tuch zu. Nur ihr Kopf schaute noch heraus. Gabi machte über Annes Körper einige Reiki-Bewegungen.
Wir küssten Anne auf die Nase, standen mit Tränen in den Augen langsam auf, schauten noch einmal zu ihr und verließen den Raum, in dem Annes Körper zurückblieb.
Am Empfang blickte uns die junge Tierarzthelferin mitfühlend entgegen und sagte: „Es tut mir sehr leid für Euch und ich bedauere Euren Verlust". Etwas benommen dankten wir ihr. Sie teilte uns mit, dass wir in drei Wochen Annes Asche abholen können.
Draußen schien noch immer die Sonne. Noch immer schwirrten eifrig die Insekten umher. Es war immer noch warm. Und doch hatte sich unsere Welt verändert.
Da war die leise Stimme, die sagte, Anne im Stich gelassen zu haben. Andererseits aber auch die Stimme, die sagte, das Richtige für sie getan zu haben. Doch am intensivsten war der Gedanke, dass wir ab jetzt nur noch zu dritt sind. Toni, Gabi und ich. Und, dass unser Leben ohne Anne weitergehen würde. In diesem Augenblick war das überhaupt nicht vorstellbar. Es gab noch keine Idee, wie sich das anfühlen soll.
Auf der Fahrt nach Hause schien alles fast normal zu sein. Ein leichtes Drücken in der Herz-Magen-Gegend. Aber nicht das, was man unter Trauer versteht. Vielleicht ist der Körper mit allen möglichen Botenstoffen so vollgepumpt, dass gar keine

Verlustgefühle aufkommen können.

Zu Hause angekommen, gingen wir mit Toni noch eine kleine Strecke. Als es dunkel wurde und wir uns ins Haus zurückzogen, zündeten wir eine Kerze für Anne an, die für die nächsten Tage brennen würde. Wir bemerkten, dass wir gar nicht wussten, was wir im Augenblick tun könnten. Wir saßen nur ruhig da und schwiegen.

Als Gabi ins Bett ging, konnte ich mich nicht von unserem Wohnzimmer trennen. Hier haben wir, zusammen mit Anne, in den letzten Monaten die meiste Zeit verbracht. Ich fühlte mich ihr hier näher als sonst irgendwo.

Der Tag, nachdem Anne ging

Als ich Samstagmorgen erwachte, war das Erste, was ich fühlte, ein tiefer emotionaler Schock.
Heute wird Anne mich nicht schwanzwedelnd begrüßen. Ich werde ihr nicht das Halsband anlegen und sie wird nicht mit uns in den Wald gehen.
Ich sitze auf der Couch und die Tränen laufen einfach so.
Minutenlang.
Später reiße ich mich zusammen, raffe mich auf und gehe zu Gabi, deren Augen ebenfalls stark gerötet sind. Sie hat Toni schon gefüttert und zusammen machen wir unseren ersten morgendlichen Ausflug ohne Anne.
Wieder ist es ein sonniger Tag. Es ist schon um sieben Uhr morgens sechs Grad warm. Wir marschieren los. Toni, der sonst immer der Erste sein will und meistens weit vorausläuft, schaut sich ständig nach hinten um und bleibt in unserer Nähe. Offenbar hält er nach Anne Ausschau. Außerdem sieht er immer wieder unsicher zu uns hoch.

Ina und Thomas, denen Gabi mitgeteilt hat, dass wir Anne gehen lassen mussten, waren sehr betroffen, dass es nun so schnell ging. Sie boten uns an, sich am Abend mit uns zu treffen.
Thomas, der selbst vor ein paar Monaten Carlos, einen seiner Rottweiler verlor, ist sehr emotional und mitfühlend. Ina, deren Hündin Emma etwas älter ist als Anne, verliert einige Tränen, als sie uns umarmt.
Wir sitzen an diesem Abend zusammen, bis die Dunkelheit kommt, und reden über das Leben mit unseren Hunden, über die wunderbaren Erlebnisse mit ihnen und die schmerzhaften Abschiede von ihnen.

Der zweite Tag, nachdem Anne ging

An nächsten Morgen wache ich schon mit Tränen in den Augen auf.

Ich gehe ins Bad und weine. Ich gehe die Treppe hinunter und weine, ziehe meine Jacke an und setze mich mit einem Kaffee und einer Zigarette auf die Terrassenstufen. Während ich auf den See schaue, beginnt es leicht zu regnen und mir laufen ununterbrochen die Tränen.

Ich kann im Augenblick an nichts anderes denken als: „Das kann doch nicht sein, dass Anne nicht mehr da ist". Obwohl ich versuche, mir die vielen Situationen unseres Zusammenseins vorzustellen und dankbar zu sein für die vielen Jahre des Glücks mit ihr, kann ich gerade ausschließlich nur tiefste Traurigkeit fühlen. Das Verlustgefühl ist unbeschreiblich und überwältigend. Als ich ins Haus zurückkomme, sehe ich, dass es Gabi genauso geht. Sie ist vollkommen in Trauer um unsere Hündin.

Der Sonntag vergeht ohne Struktur. Haben wir schon Mittag gegessen? Wie spät ist es eigentlich?

Als wir zu unserer Abendrunde mit Toni aufbrechen, regnet es immer noch. Jeder ist mit seinen Gedanken beschäftigt, während wir den Weg entlang gehen. Toni läuft einige Meter voraus. Ich schaue mich nach einer Weile um, wo Anne bleibt. Schnüffelt sie wieder ewig an einem Grasbüschel oder hält sie ihre Schnute in den Wind, um eine Nase Elch zu nehmen? Und in dem Moment, als mir diese Handlung bewusst wird, zieht ein dumpfer Schmerz durch meinen Körper. Da ist keine Anne. Sie wird nie mehr auf meinen Ruf hin freudig an mir vorbei galoppiert kommen, um die Führung zu übernehmen und um die Gegend weiter zu erkunden. Auf dem Rückweg zum Haus sagt Gabi plötzlich: „Ich habe gerade ein ganz reines Gefühl in mir. So als ob alles ok ist, so wie es ist." Zu Hause angekommen, sitzen wir im abnehmenden Licht des Tages und schauen immer wieder zu Annes Sessel. Nur die Kerze, die für sie brennt, erleuchtet den Raum.

Der dritte Tag, nachdem Anne ging

Immer noch regnet es leicht. Einige Schneeflocken sorgen dafür,
dass es sich so anfühlt, als ob der Winter noch mal vorbeischauen
will. Die Temperaturen liegen leicht unter null. Das Wochenende
ist vorbei und Gabi muss heute wieder arbeiten. Gestern sagte sie
noch: „Ich weiß gar nicht, wie das morgen gehen soll." Denn Anne
und Toni haben während des Winters fast den ganzen Tag neben
ihrem Schreibtisch verbracht.
Als ich Gabi morgens einen Kaffee bringe, lächelt sie mich sanft an.
Zum ersten Mal seit zwei Tagen sind keine rot verweinten Augen
zu sehen. Die Beschäftigung mit der Arbeit ist ein Weg, um
wenigstens für einige Stunden etwas vom Schmerz abgelenkt zu
werden.
„Ich habe gerade mit Saskia telefoniert und ihr erzählt, dass wir
Anne gehen lassen mussten." sagte Gabi, „da hat sie erwähnt, dass
Alf auch einen Tumor hat. Allerdings in der Lunge. Bisher scheint
der ihn aber nicht stark zu beeinträchtigen. Er muss ab und zu
husten, aber das ist auch schon alles." Der arme Kerl. Mit seiner
ausgeprägten Epilepsie hat er es schwer genug im Leben gehabt.
Doch Saskia wird, wie bisher auch, alles für ihn Nötige und
Mögliche tun.

Die nächsten Tage sind schwer zu bewältigen und angefüllt mit
dem Wechsel der nur zögerlich einziehenden Normalität und dem
immer wieder heftigen Bewusstwerden von Annes Tod.
Toni legt sich immer öfter in den Sessel, den Anne für sich
auserkoren hatte. In den letzten Wochen ist er etwas zu kurz
gekommen. Ein großer Teil unserer Aufmerksamkeit war auf Anne
gerichtet.
Ich überlegte mir, für Tonis Morgenrunden eine kleine Dose mit
Leckerchen und Joghurt vorzubereiten. Wenn wir im Wald sind,
werde ich sie verstecken. Er kann sie dann suchen und alle
Leckerchen verputzen.
Toni ist noch anhänglicher als sonst und weicht mir kaum noch
von der Seite. Wenn ich am Schreibtisch sitze, legt er sich an meine
Füße. Wenn ich auf die Terrasse gehe, will er unbedingt

mitkommen. Und wenn ich mich auf die Couch setze, springt Toni sofort hinterher und lehnt sich an mich. Mir schießt der Gedanke durch den Kopf: „Auch er wird mal nicht mehr bei uns sein. Immerhin ist er schon fünfzehn Jahre alt."

Doch jetzt ist er hier, jetzt kann ich ihm meine Liebe zeigen und für ihn da sein. Ich sehe ihn an, streichle ihn, genieße seine spezielle Art, nehme seinen tollen Geruch wahr und sauge jeden Augenblick mit ihm auf. Ich freue mich auf die gemeinsamen kleinen Abenteuer, die wir noch zusammen erleben werden.

Wir drei, Toni, Gabi und ich, haben ein großes und einzigartiges Geschenk erhalten: Die bedingungslose Liebe und das grenzenlose Vertrauen unserer Hündin Anne. Ganz egal, wohin uns die Zukunft trägt und ganz gleich, was das Leben für uns bereithält, Annes Liebe wird für immer bei uns sein.

·